朝日文庫時代小説アンソロジー

めおと

大矢博子・編　青山文平
朝井まかて　浅田次郎　宇江佐真理
藤沢周平　山本一力

朝日文庫

本書は文庫オリジナル・セレクションです。

目次

めおと

乳付（ちつけ）

青山文平

青山文平（あおやま・ぶんぺい）
一九四八年神奈川県生まれ。二〇一一年に『白樫の樹の下で』で松本清張賞、一五年に『鬼はもとより』で大藪春彦賞、一六年に『つまをめとらば』で直木賞、二二年に『底惚れ』で中央公論文芸賞と柴田錬三郎賞を受賞。著書に『かけおちる』『伊賀の残光』『半席』『励み場』『遠縁の女』『江戸染まぬ』『泳ぐ者』『跳ぶ男』『やっと訪れた春に』『本売る日々』など。

神尾信明との縁組が決まったとき、民恵は嬉しい反面、気が重かった。ずっと気にはなっていた家格のちがいが、きつめの帯のように胸を締めつける。民恵の父の島崎彦四郎は、御目見以下の徒目付。一方、神尾の家は家禄四百石とけっして大身ではないものの、れっきとした旗本であり、しかも両番家筋である。

五千二百家余りの旗本でも、遠国奉行や町奉行に上り詰めるための登竜門である両番、即ち小姓組番と書院番組の番士に取り立てられる家筋の家は、千五百家ほどしかない。

祝言の日取りが決まってみれば、いっそ信明も自分たちと同じ御家人ならばよかったのに、と思うこともしばしばで、そもそも女だてらに漢詩など詠もうとしなければ、知り合うこともなかったのだと悔いることすらあった。信明には惹かれるが、望んでもいない玉の輿に乗って、要らぬ気苦労を背負い込むのはなんとも億劫である。

生強の稽古事ではもはや箔にならないと、母の直が漢詩の詩社を見つけてきたのは四年前の天明四年の春だ。俳諧や和歌はもう当り前だけれど、漢詩ならばまだ女の姿は珍しい。その上、漢詩は武家の嗜みの王道だから、きっと良い行儀見習先につながるはずだと母は言い、あの夫も魚釣りになどかまけていないで、漢詩をやるべきだったのです、とつづけた。そうすれば、どなたかのお引立てに与って、今頃はもう御勘定に取り立てられていたかもしれないのに。

目付配下の徒目付の役高は、百俵五人扶持。一方、勘定所の中堅である勘定のそれは百五十俵。一人分の扶持は五俵だから、差は二十五俵ほどでしかない。さまざまな案件の探索に当たる徒目付には、脛に疵持つ輩や、痛くもない腹を探られたくはない輩からさまざまな音物が届くから、実質的な実入りはおそらく勘定にも引けを取らない。にもかかわらず直が勘定に憧れるのは、いくら潤っていようと徒目付はあくまで御目見以下の御家人であり、そして勘定が旗本だからだ。

御家人でいる限り、徒目付より上はもう望みようもないが、勘定の席に連なれば役料含め四百五十俵の勘定組頭が、さらには役高五百石役料三百俵の勘定吟味役さえ視野に入ってくる。そしてなにより、御家人と旗本では、周りから向けられる眼差しがちがう。

江戸は畢竟、旗本の町である。三代つづいて御家人としては天井の徒目付を務めてきた島崎の家にとって、御家人と旗本を分かつ壁を越えるのは悲願であり、だからこそ一人娘の直の婿に、算盤に明るいという触れ込みだった彦四郎を迎えた。が、案に相違して彦四郎は勘定所の資格試験である筆算吟味に落ちつづけ、気づけば齢五十を越えて、もはや望みを託すのも詮ないと、常に上に向いている直の目は十一になった息子の重松と、十八の民恵に注がれたのだった。

重松のお伴のような形で通ってみれば、しかし、漢詩は民恵の肌に合った。李白や杜甫のような盛唐詩を女が詠むのはいかにもそぐわなさがつきまとうが、四年前はまさに、そうした士大夫の古文辞格調詩から、どうということもない日常を思うままに詠む、清新性霊派の詩に切り替わろうとする潮目だった。民恵が学んだ西湖吟社はその清新性霊派の牙城の一つであり、ほんとうにこんなものでよいのかと訝りながら詠んだ詩は、西湖吟社を主宰する北原星池から男には望めぬ景色と認められ、以来、民恵の手はまるで枷を解かれたかのように、次から次へと七言絶句や律詩を紡ぎ出したのだった。

初めはどうにも馴染めなかった男ばかりの吟社の臭いも、詩にのめり込むほどに気にならなくなり、強張りがちだった唇も次第に緩んで、詩友としての会話にもようやく馴れた三年前の秋、その年の初夏に西湖吟社に加わった神尾信明から声をかけられた。

「あなたは、有り合せの材料で、そこそこ旨い料理をつくるのが上手ではありませんか」

信明の言葉はあまりに唐突で、どうしてでしょうか、と聞くと、あなたの詩はそういう詩だから、と答え、すぐに、あわてた風で付け加えた。

「いや、これは誉めているのです。誉め言葉です」

神尾信明の詩名は、彼が前の詩社にいた頃から伝わっていた。そのどれもが、清新性霊派を牽引する若手の要という類のもので、そういう信明から、有り合せの材料で……と指摘されれば、いくら誉め言葉と念を押されても、自分の詩がいかにもちまちましく映るのだろうと思わざるをえなかった。

気落ちから立ち直れないまま家路をたどったものの、考えてみれば、自分の詩はたしかに有り合せの材料でささっと仕上げた詩でしかなく、やはり皆から嘱望されるような人は、言うべきことをきちんと言ってくれると思い直した。

信明のように、人がいやがることを口にしてくれる人はめったにいるものではない、次に会ったら、どうすればもっとましな詩をつくれるようになれるかを聞いてみようと、心に決めたのだった。

「いや、なにも変えることはないのではありませんか」

けれど、六日後に顔を合わせたとき、信明は言った。

「いまはとにかく、詩が次々と浮かんでくるのでしょう?」

「それはそうですけれど……」

「ならば、変える必要はありません。筆が止まって動かなくなったら、そのときまた考えましょう」

信明はそう言って、武家とも思えぬ、白花の山吹のような笑顔をよこした。

気持ちは軽くなったものの、その涼やかな笑顔にはぐらかされているような気もして、思わず民恵は、お稽古なんです、と言っていた。

「踊りや三味線と同じお稽古事なんです。すこしでも良い行儀見習先が見つかるように、漢詩を習っているんです。詩が縮こまっているのも当り前なんです」

言い終わってから、なんでそんな言わずもがなのことを口に出してしまったのだろうという想いがどっと押し寄せ、知らずに涙が滲んで、己のみっともなさに打ちのめされていると、信明がすっと唇を動かした。

「同じですよ」

あの白花の山吹のような笑みが、また、あった。

「わたしもそうです。この時代、武家が人とつながるのに、いちばん効くのが漢詩です。わたしにしても、すこしでも良い御役目に就けるように、漢詩を学んでいるのです」

そして、ややあってから言葉を足した。

「でも、いいじゃないですか。詩をやるきっかけなんて」

繕っている声には、聴こえなかった。

「詩を詠むのが好きならば、それでよいのではありませんか。あ、それにあらためて言い添えておきますが、わたしの先日の発言はほんとうに誉め言葉です。有り合せの材料だけでそこそこ旨い料理をつくるのはすこぶる難しいことで、生強の者に望めるものではありません」

それからは繁く、言葉を交わした。

この人にはどうせ見透かされているんだと思うと気が楽で、回を重ねるほどに唇が緩んでゆき、家のなかのことを洩らすことにも抵抗がなくなった。

父が一向に母の期待に応えられずにいること、それでも、いつも飄々としている父を、自分は嫌いではないことなどまで話した。

そのようにしてふた月ほどが過ぎた秋の終わり、信明が不意に、行儀見習先を探していると言っていましたね、と口を開いた。

「ええ」

民恵は答えた。

「ならば、神尾の家はどうでしょう」

「神尾と言われますと、つまり、神尾様のお宅ですか」

お屋敷、ではなく、お宅と言ったのは、そのときまで、神尾の家筋を知らなかったからだ。腰の大小から、信明が武家であることはむろん分かっていたが、あるいは浪人かもしれないとさえ思っていた。

「さようです。ただし、行儀見習ではなく、嫁としておいでいただきたい」

供揃(ともぞろ)えもなく、旗本の徴(しるし)である袋杖(ふくろづえ)も手にしていない、ただ詩にのめり込んでいる様子の若者に四百石の旗本は重ならず、まして、両番家筋であるとは、想いもつかなかった。

信明が望んでくれたところで、御家人の娘が両番家筋の嫁になれるはずもないとは思った。

すでに先代は逝去して信明が当主になってはいたが、姑(しゅうとめ)が認めるわけがないし、同じ両番家筋がひしめく、神尾の一族の承認が取れるとも考えられなかった。当然、同格以上の家筋との縁組を求めるはずであり、また縁戚の家のなかにも、信明との縁組を望む娘がいくらでもいるだろう。

そのようにさまざまに想いを巡らせていると、いつしか疑心暗鬼にもなって、あるいはよく耳にするように、嫁が携(たずさ)えてくる持参金目当ての縁組なのかとも疑った。けれど、御家人にしてはゆとりがあるとはいえ、旗本が望む額の持参金を徒目付の家が用意できるわけもない。念のために、そういう話になっていないか、父母にたしかめてもみたが、めっそうもないという風に、首を横に振るばかりだった。

半信半疑のまま話はとんとんと進んで、形をつくるために然るべき旗本の家にいったん養女に入る、という煩わしさを求められることもなく、明けた早春に祝言を挙げる運びになった。おそらくは信明が、島崎彦四郎の娘のまま嫁入りできるように配慮してくれたのだろうが、こちらになんの波風も当たらないのは、信明がその波風を一身に受け止めているからに他ならない。それとなく感謝の気持ちを伝えると、しかし信明はぽつりと、いや、どうということもありません、と言った。

そのようにさりげなく、しかし力強く、風除けになってくれるほどに、民恵の胸は塞いだ。

信明にそこまでしてもらうほどの価値が、自分に備わっているとは、とうてい思えない。そもそも、信明が自分に声をかけてきたのも、男ばかりの詩社のなかに女が一人混じっていたからだろう。どう贔屓目に見ても、自分の姿形は、鈴木春信が錦絵に描く笠森お仙や柳屋お藤とは程遠い。人によっては、あっさりとした顔の造りが可愛いと世辞を言ってくれるものの、誰もきれいとは口にしない。漢詩をやっていたからこそ、金魚が緋鯉に見えたのであり、詩社という瓶から掬い上げて池に戻せば、たちまち金魚は金魚でしかなくなるだろう。

そのようにぐずぐずと案じつづけたが、年の瀬になって、新年と嫁入りの支度の慌ただしさに紛れているうちに、ま、仕方ないと観念した。あれこれ考えても、いまさら信明が差し向けてくれた舟を下りるわけにはいかない。こうなったからには、たどり着くところまでたどり着いて、自分が先行きどうなるのかを見届けよう。せめて、信明の気持ちに報いるために、すんなりと男の赤子を授かればいいが、などと思いながら年を越した。

それから、二年半近くが経って、いまは天明八年七月の盆である。

民恵が奥様に収まった神尾家の屋敷は、芝は愛宕下の藪小路にあって、この時節になると、江戸では珍しい盆踊りが見られる。程近くに構えられた越後長岡藩を預かる牧野家の中屋敷前に、増上寺で俗勤めをする人たちが三々五々集まってきて、やがて円を描くように踊り始めるのである。僧侶にならずに増上寺に詰める者たちの八、九分は越後衆であり、やはり越後の新発田（しばた）藩を治める、久保町（くぼちょう）の溝口（みぞぐち）侯の屋敷前にも盆踊りの輪が生まれる。越後が延びる芝愛宕下は、盆踊りの街でもある。

両侯の屋敷のあいだにある神尾の家にも、越後の唄が、太鼓の音が届く。例年ならば、芝の初秋の風物として耳を楽しませることもできるが、五年前に浅間山（あさまやま）が噴火して以来の、飢饉の疵が癒（い）え切らない時節（じせつ）の盆とあってみれば、なにやら音色（ねいろ）も物哀（ものがな）しい。けれど、神尾の屋敷の門を潜（くぐ）れば、そこは喜びに包まれている。当主の信明が、二十八歳にして、本丸書院番三番組に初出仕したのである。

両番家筋とはいっても、誰もが書院番組と小姓組番に番入りできるわけではない。資格を持つ家は千五百家ほど。そして、本丸と西ノ丸の両番二十組を合わせた番士の枠（わく）は千名である。巷（ちまた）では半数を越える六、七分ほども番士になることができるという言い方をされがちだが、六、七分がたが番入りするからこそ、けっして残る三、四分の五百家のなかに数えられてはならない。両番家筋の家は、嗣子（しし）が御当代様（ごとうだいさま）の初見（しょけん）に与ってから番入りするまで、張り詰めた時を送る。信明が将軍家第十代徳川家治（とくがわいえはる）に初御目見したのはもう七年前であり、それだけに、神尾の家は安堵の色に染められていた。

加えて、神尾家は六日ほど前に世継ぎを得ていた。幼名、新次郎。民恵が男子を産んだのである。

番入りと嗣子誕生が重なって、神尾家は二重の喜びに浸っているが、民恵の顔は浮かない。赤子の産声を聴き届け、男の子であることをたしかめたのも束の間、熱に襲われて臥せってしまった。意識も途切れとぎれで、ようやくはっきりと目覚めたのは、五日が経った昨日の午過ぎである。すぐに新次郎を抱いて乳を含ませたいと姑の隆子に訴えたが、医者に止められていると退けられた。母体の熱を上げさせた産褥の毒が子に回らぬよう、大事をとると言う。夕になって、城から戻った信明も案ずる顔を隠さずに、しばらく床は上げずに躰を休めてくださいと言い、そして、おもむろにつづけた。

「危なかったのですよ」

夫婦になっても、信明は詩社にいた頃と変わらぬ丁寧な物言いをする。それを怪訝に思ったこともあったが、やんわりと諭されてみれば、まだ躰の奥に危うさの徴のようなものが残っている感覚があって、そのときは、信明の角の丸い言葉がありがたかった。

今朝になって、隆子自ら新次郎を抱いて部屋を訪れてきてくれて、怖いほどに柔らかい躰を両の腕に包んだ。目を瞑(つぶ)って眠っているのに、時折、にやりと笑う。思わず、寝間着を介してではあるものの、重みを増した左の乳房を真っ赤な頰(ほほ)に押し当てると、まだ微(かす)かに痛みの残る躰の深くから愛(いと)しさが噴泉のように込み上げてきて、一刻も早く、乳房を覆う薄布を退(の)けて、その唇に乳首を含ませたいと思った。それに、赤子を産んだだけでは、信明の気持ちに報いたことにはならない。しっかりと、自分の手で新次郎を育て上げなければならない。これからは臥せっていた分も取り返さなくてはと、知らずに新次郎を抱く腕に力が入ったとき、傍(かたわ)らで見守っていた隆子が不意に言った。

「お乳は心配いりませんよ」

隆子は五十を越えてもなお美しく、物腰柔らかなのに気丈で、いかにも旗本の奥方らしく、民恵は顔を合わせるたびに、自分はこんな風になれそうもないと思わされる。

「遠縁の者で、瀬紀(せき)という妻女(さいじょ)に乳を与えてもらっています。すでに四人の子を育てているので、赤子の扱いは十分に心得ており、新次郎もそれは力強く乳を飲んでいます。安心して、いまは躰を休めることに専念なさい」

ゆっくりと頷いて、わずかに腕の力を抜いた民恵に、隆子はつづけた。

「実は、もともと、瀬紀殿には乳付をしてもらおうと思っていたのです」

どういうことかと、民恵は想う。

「当り前のことですが、初産の母は乳をやるのも初めてです。母も赤子もお互い初めてなので、どこかぎこちなく、赤子は落ち着いて乳を飲むことが難しくなります。つまり、なかなか上手になりません。赤子が乳を吸うのが下手だと、母の乳の出がわるくなる。乳が出ないという悩みの元は、赤子の下手さにもあるのです」

そのように言われてみれば、そういうものかと思わざるをえない。

「ですから、最初の乳は縁戚の手慣れた者に頼みます。慣れているから、赤子も安心して吸いついて上手になる。上手になったところで、母親に戻します。初めからその予定だったのですから、貴女が気にされることはありません。しっかりと養生して、すっかり回復したら、貴女が乳をおあげなさい。もう、新次郎もすっかり乳首に慣れて、とても上手になっていますよ」

姑が気を遣って言ってくれていることは伝わってきたが、それでも自分の意識が朦朧としているあいだに、我が子が乳の吸い方がうまくなっていると知らされれば、どうにも釈然としない。いくら仕方なかったのだと思おうとしても、やはり、それは自分がするべきことだったのではないか、という想いがどうしても残る。

縁戚とは聞いたが、いったいどんな女が新次郎に乳を含ませていたのかも気になって、その瀬紀様にいまお会いできないか、と隆子に願った。自分のわだかまりはわだかまりとして、この六日近く、自分の子もいるにもかかわらず、乳を付けつづけてくれたことについては、深く礼を申し述べなければならないとも思った。

「そうですね」

けれど、姑は首を傾げて言った。

「でも、最初の顔合わせは床上げのあとのほうがよいでしょう。縁戚とはいっても、やはり家人とはちがいますから。いまの貴女のいちばんの務めは養生することですよ。気持ちは伝えておきます」
そう告げたあとで、躰の負担になるからと姑は両手を差し伸べ、新次郎を抱き受けようとしたが、民恵は、もう少しだけ、と乞(こ)うて、気取(けど)られぬように乳房を押し当てた。

瀬紀と顔を合わせたのは、それから三日が経った七月十七日の朝四つだった。前日の送り盆に、思い切って布海苔(ふのり)と小麦粉で髪を洗い、風呂を頂いて、髪結(かみゆ)いを呼んだ。それだけで半日以上が過ぎてしまったが、夜具を片づけ、茶殻(ちゃがら)で拭(ふ)き清めた座敷につくばって、結い終わった丸髷(まるまげ)に気に入りの笄(こうがい)を差し、ふっと息をついて、まだ咲き誇りつづけている庭の百日紅(さるすべり)の花に目をやると、早く明日が来ればいい、と思うことができた。きちんと瀬紀に御礼を伝えて、けじめをつけ、時間を元に戻さなければならない。

けれど、日が替わってみれば、民恵の想うとおりには運ばなかった。藪入(やぶい)りの昨日も屋敷から出ずにいてくれた女中の芳(よし)が呼びに来て、姑の座敷へ出向いてみると、隆子と共にいたのは、二十二の民恵と同じ齢格好の若い女だった。肌が白磁のように白く、肌理細かく、同じ女でも魅入られてしまうほどに輝いていて、いかにも細く華奢な腰つきが、まだ子供を産んでいないことを訴える。

顔の造りは小ぶりだが目は大きく、その大きさを恥じて小さく見せようとしているのか、常に瞼を伏せがちにしている様が憂いを仄めかす。文字どおり錦絵から抜け出てきたようであり、旗本のお姫様を絵に描いたようでもある。この女は誰なのだろうと訝りながら膝をたたんだ民恵に、しかし隆子は言った。

「早速ですが、紹介いたしましょう。こちらが瀬紀殿です」

すぐに、女も名乗った。

「瀬紀と申します。ご挨拶もせぬまま、御屋敷にお邪魔いたしております。以後、お見知りおきくださいませ。奥様におかれましては、すっかり回復されたとのこと、恐悦至極に存じ上げます」

間近から届く声がまた涼しくて、残暑を忘れるほどに快く、とたんに民恵はうろたえた。

すでに四人の子を産んでいる、と聞いていたので、勝手に四十に近い婦人を想い描いていたのだが、あれは姑の言いまちがいだったのだろうか。それとも、早々と十五、六で母になったのだろうか。それにしても、まるで娘のようなこの姿形はなんなのだろう。

ともあれ挨拶を返し、なんとか用意しておいた礼の言葉を並べたものの、そのあとで、どんなやりとりをしたのかはよく覚えていない。見れば見るほど、目の前の美しい女と新次郎に乳を付けてくれた女が重ならず、混乱するばかりの頭がようやく堂々巡りを止めたのは、芳に抱かれていた新次郎が泣き声を上げたときだった。

思わず腰を浮かせた民恵を遮(さえぎ)るかのように、隆子が初めて孫を授かった姑の顔をあからさまにして、あらあら、お乳が欲しいのかしらね、と言い、瀬紀殿、とつづける。瀬紀は一瞬躊躇(ちゅうちょ)して民恵のほうに目を向けたが、再び隆子に促されると、芳から新次郎を抱き受け、縞縮緬(しまちりめん)の単衣(ひとえ)の胸をはだけた。

柳のような腰には似つかぬずっしりとした乳房が現われ出て、新次郎が吸い寄せられるようにその先を頬張る。

初産の自分の乳首は褐色に変わって濃さを増しているのに、瀬紀のそれは四人の赤子を産んでいるにもかかわらず、淡い桃染(つき)色に染まっている。その桃染色の広がりに、新次郎は自分には目もくれずに顔を埋(うず)めて、ほくほくと頬を膨らませた。傍らでは、隆子が柔らかな笑みを浮かべて眺めている。

　知らずに民恵は、ほんとうはこうだったのだと感じる。目の前の光景には、なんの違和感もない。瀬紀はその絵に収まっている。自分よりも遥かに旗本の奥様らしく、隆子との関わりも自然だ。

　隆子がいて、瀬紀がいて、芳がいて、そして新次郎がいる。足らないものはなにもない。自分だけが、よけいだ。

　いたたまれない想いが込み上げる民恵に、不意に隆子が、あげてみますか、と声をかけた。民恵が答える前に、瀬紀が新次郎を乳房から離し、笑みを浮かべながらにじり寄る。どうしようと思う間もなく、勝手に両手が伸びて、むずかる新次郎を抱き受け、吸ってくれ、出てくれと念じながら乳房を与えた。

　新次郎は色のちがう乳首を嫌がることなくくわえて、初めて知る強さで吸う。思わず安堵したが、吸われるたびに乳首ではなく躰の深くに痛みが走って、この痛みはなんなのだろうと民恵は思った。

気休めに腰をずらしてみるが、去る気配はない。脈打つ痛みを、民恵は忘れようとする。痛みくらいで、新次郎の唇を放したりはしない。抗うように右の腕に力を送ろうとしたとき、しかし、新次郎が乳首を避けた。

そして、すぐに泣き声を上げる。

そうではないかと思ってはいたが、やはりそうらしい。乳が出ていないらしい。もう一度、乳首に導いてみるが、もはや新次郎は頬張ろうとしなかった。

「ゆっくり、ゆっくりね。あせることはありません」

隆子が言って両手を差し出す。拒もうとしない自分をはがゆく感じつつも、民恵は新次郎を戻した。

再び、瀬紀の乳房にありついた新次郎はとたんに泣くのを忘れ、吸うのに没頭する。その小さな頭のなかに、自分の居場処はまったくないのだろう。今日できっぱりと戻そうとした時間は、まだまだつづくようだ。

瀬紀の白い胸元に浮かぶ仄青い筋を認めながら、民恵は不意に、この女を会わせてはいけないと思った。この女を信明に会わせてはいけない。この女を見れば、信明はたちまち、己のまちがいに気づくだろう。

そうはいっても、民恵がなにかをできるわけでもなく、それでも瀬紀と信明の時間が重ならずに七日が過ぎた七月二十四日の夕七つ、乳を付け終えて戻る瀬紀と、城から帰った信明が門を入った辺りで顔を合わせるのを、民恵は見送りに出た玄関先から見た。

隆子からは縁戚と聞いていただけなので、瀬紀と信明がどういうつながりになるのか民恵は知らない。知らないけれど、軽い挨拶を済ませればすぐに自分の立つ場処へ戻ってきてくれるはずだという期待に反して、信明は久々の瀬紀との再会を心から喜ぶように顔を崩し、唇を動かしつづける。屋敷内とはいえ、奉公人の目もある。他家の妻女とあまりに親しくしすぎるのは、差し支えがあるのではなかろうか。

信明はしばしば、旗本の当主の枠からはみ出す振る舞いをする。信明のなかで、清新性霊派の詩人が、書院番組番士に勝つのかもしれない。とはいえ、だからこそ自分はいまこの屋敷の奥様でいるのだなどと思いつつ、民恵は二人に目をやりつづける。

声は届かない。それでも、二人の掛け値なしの笑顔から、ずいぶんと近しいことが分かる。瀬紀はまるで、御役目から戻った夫を出迎えている若妻のようだ。そんなことはない、妻は自分だと民恵は思おうとする。こんな離れた処で立ち尽くしていることはない。自分もそこに行って、話に加わってかまわないのだと叱咤するが、足は動こうとしない。

七日前の床上げ以来、瀬紀の姿が見えなくなったあとで、新次郎に乳房を含ませているが、やはり乳は出ない。しびれを切らした新次郎がむずかるほどに己の居場処が狭まっていく気がして、だんだんと民恵は隠れるようにして胸をはだけている。与えてはいけないものを、与えている気になっている。

まだ、産褥の毒が残っているのかもしれない。だから、鬼子母神が乳を止めているのかもしれない。躰の深くの痛みは、きっと鬼子母神の声なのだ。

ようやく信明が戻って、民恵は言葉を待つ。瀬紀との縁つながりを説く言葉を待つ。

けれど、信明の唇から出てきたのは西湖吟社の様子だった。城の帰りに立ち寄ったらしい。共に知る名前が次々と出てきて、民恵はいちいち相槌を打つが、懐かしさもそこそこである。それよりも、いましがたの瀬紀との話の中身を知りたい。

「瀬紀様はお美しいですね」

民恵は思い切って口を挟む。

「はあ」

けれど、信明からは力のない返事が戻ってきた。

「そうですね」

そして、すぐにまた詩会の話に戻してしまい、もうそれ以上は訊けなかった。明らかに信明は、自分と瀬紀の話をするのを好んでいない。

自分はおそらく……と、民恵は思う。夕餉のあいだも、新次郎に湯浴みをさせているあいだもずっと、自分はおそらく……と、思いつづける。……信明に瀬紀との縁を尋ねることはできないだろう。訊けば、訊かねばよかったことを、たんと聴かされることになるにちがいない。なにも、この屋敷を出ていく時間を自分から早めることはない。自分はまだ新次郎に乳を与えていない。乳を与えないまま、出ていくわけにはいかない。

三日前、よければ一緒に炊きなさい、と言って、隆子がいかにもついでの風で、鬼子母神の御札と一緒に洗米を渡してくれた。わざわざ雑司ヶ谷まで、願掛けに行ってくれたらしい。

「雀にあげてもよいですよ」

別に出なくともよいと気遣ってくれる姑のためにも、自分の乳で新次郎をお腹いっぱいにさせなければならない。

きっと唇を閉ざしつづける民恵に、信明がぽつりと、言ってみれば乳縁ですか、と言ったのは、床を延べ終えた夜五つだった。

「瀬紀殿とは遠縁で、どういう縁筋になるのか、きちんと覚えていません」

とたんに、民恵は、耳に気を集めた。

「でも、割と近しいのは二人が同い齢で、同じ縁者の女に乳を付けてもらったからです。母は乳が出ず、瀬紀殿の母御は瀬紀殿を産む際に命を落としておいででした。不思議なものですね。覚えているはずもないのに、同じ乳房を分け合ったと知らされると、とても近い人に感じられる」

ならば、あの近しさもしかたないのだろうと、民恵は己に説こうとした。

「しかし、まさか新次郎が瀬紀殿に乳を付けてもらっているとは知りませんでした。たしか瀬紀殿は、初めてのお子を産んだときは乳が出なかったと聞いた覚えがあります」

「そんなことまで殿方の耳に届くのですか」

思わず問うた民恵に、信明はあの白花の山吹のような笑顔を浮かべて言った。

「わたしは清新性霊派の詩人ですよ」

そのときふと、なんで今日、信明は西湖吟社に顔を出したのだろうと思った。番入りしてからは、そうそうは足を向けることができず、たまに詩会に出るときは必ず民恵にひとこと言っていくのだが、今日に限っては聞いていない。世間ではどうということもないことだが、信明らしくはない。

しかし、ま、信明もいつまでも自分の妻にいちいち律儀を通してもいられないだろうと、気持ちはまた瀬紀のことに戻っていった。

瀬紀も乳が出なかったというのは、ほんとうだろうか……。

翌朝も乳を付けに来てくれた瀬紀に、民恵は意を決して切り出した。

「不躾なことを伺ってよろしいでしょうか」

「どうぞ、なんなりと」

瀬紀の目尻には、笑みがあった。

「失礼とは存じますが、瀬紀様も初産の折、乳が出なかったと耳に挟みましてございます。それはまことのことでしょうか」

「ええ、まことです」

瀬紀はなんの躊躇もなく答え、ややあってからつづけた。

「民恵様は小夜様をご存知ですね」

すぐに頷いたが、相槌の声は出てこなかった。聴くのが辛い、名前だった。祝言を挙げて、初めて親しく口をきく機会があった神尾の縁者が、小夜だった。そのときは、名前とは裏腹に、雌牛のように頑丈そうな体軀が目の裏に焼きついて、すぐに名前を覚えた。けれど、一昨年のちょうどいま頃、小夜は三度目のお産に臨み、産褥の熱によるたらつきから戻らぬまま息を引き取った。民恵が神尾の家に入ってから、初めて参った葬儀は、小夜のものとなった。

春に会ったときは、わたくしは戌年ではないのですが、まるで犬のようで、と言って、からからと笑っていた。

「初産のときも二度目も、ほんとうに呆気ないほど安産でした」

その小夜が逝った。

信明から、自分が危なかった、と聞かされたとき、思わず浮かんだのも、小夜の死化粧だった。女の死は、日々の暮らしの傍らにあった。

「もう八年も前のことですが、最初の赤子は小夜様に乳を付けていただきました」

瀬紀は言った。

「わたくしは二十歳。小夜様は二十三になっておいででしたが、そのときは我が子に乳を付ける小夜様が、それはそれは美しく見えましてね」

その先を言ったものか、瀬紀は思案しているように見えたが、結局、唇は動いた。

「わたくしは悋気いたしました」

「悋気……でございますか」

思わず、民恵は言葉を挟んだ。逆はありえても、瀬紀が小夜に嫉妬するなどありえない。

「ええ、悋気いたしました。小夜様に夫を盗られてしまうのではないかと怖れました」

瀬紀は真顔だった。

「わたくしの悋気は激しゅうございます。生半可ではございません。それで疎んぜられたのでございましょう。三年の後、二人の子を残して婚家を出ることになりました」

初めて聴く、瀬紀の来し方だった。

「いまは縁あって、他家で再び妻にしていただいておりますが、乳が出るようになったのは、その家で三人目の子を授かってからでございます。自分は乳の出ない女なのだと諦めておりましたので、出たときはほんとうに驚きました。なにやら、自分が別の者に入れ替わったようで。女の躰は怪しゅうございます」

その日もよく晴れ渡って、真夏を想わせる陽が降り注ぎ、百日紅の花弁の韓紅が薄藍の空を抉っていた。

小夜の弔いのときも百日紅が咲き誇っていて、なんでこれほどに鮮やかなのだろうと思ったことを覚えている。

「初めて我が子に乳を与えたときは嬉しいというよりも、あ、こういうことなのかというような……。それよりも、小夜様の残されたお子に乳を付けさせていただいたときのほうが、ふつふつと嬉しさが込み上げてきました。小夜様は亡くなられましたが、お子はご無事でした。こちらの母上様のご指示で、わたくしがそのお子に乳付をさせていただいたのでございます」

瀬紀は変わらずに美しかったが、もう、若い娘のようには見えなかった。そこにはたしかに、己の躰を痛めて四人の子を産んだ女がいた。

「なんと申し上げたらよいか、自分が勝手に悋気をいたした罪滅ぼしをさせていただいているような気持ちもあったのでしょうが、それだけではございません。もっと広がっていると申しますか、際がないと申しますか、乳を付けるほどに己というものが薄くなっていって、なんとも心休まるのでございます」

瀬紀が己の悋気を語り始めたとき、民恵は見透かされたのかと訝った。己の身の上話を介して、自分の悋気を諫めているのか、と。

けれど、話に耳を傾けるほどに、そんなことはどうでもよくなった。自分の躰のなかの女が、瀬紀の話の先を急かしていた。

「そのようにさせていただいて、なんとのう感じるようになったことがございます」

　瀬紀の言葉は、躰に染み入るように入ってきた。

「女は悋気をする生き物でございます。ですが、それだけの生き物でもございません。狭いようでいて、実は、際もなく広い。わたくしのこの双つの乳房はわたくしのものであって、わたくしのものではございません。また、我が子のみのものでもない。小夜様のお子の乳房であり、新次郎様の乳房でもあります。これからも、何人ものお子の乳房になっていくかもしれませぬ。女の乳房はけっして一人の女のものではなく、一族の乳房なのでございます」

　一族の乳房……。

「民恵様もいま乳が出ないからといって、くれぐれもご自分を責めることのなきよう。いまがすべてではございませぬ。わたくしのようなことも多々あるのでございます。あるいは明日出るやもしれませぬし、次のお子のときに、いやというほど出るやもしれませぬ。そのときは民恵様が一族の赤子に、たんと乳をお付けなさいませ」

「もしも、これからも出ぬときは……」

出るやもしれぬ。けれど、出ぬやもしれぬ。

「姑の隆子様は、信明様の二人の妹御のときも出なかったと伺っております。それでも気にかけることなく堂々として、一族の乳付の差配をされておいでです。乳付の差配は神尾本家の奥様の御役目で、いずれは民恵様がその役を継ぐことになります。わたくしはいつも恬淡（てんたん）として役をこなされている隆子様を、心より尊敬申し上げております」

やはり、この女（ひと）こそ神尾家の嫁に相応（ふさわ）しいと思いつつ、民恵は言った。

「瀬紀様にも赤子がいらっしゃるのに、新次郎に分けていただいて、心苦しく存じておりました」

「民恵様」

瀬紀は言った。

「わたくしの四人目の赤子は、生まれはいたしましたが、ついぞ声を上げることはございませんでした」

ひとつ息をついてからつづけた。

「お産は酷（むご）い仕業（しわざ）でもございます。母も亡くなるし、子も亡くなります」

小夜の死化粧がまた浮かんだ。母の死も、子の死も、傍らにある。

「乳の要るところに乳がなく、乳の要らぬところに乳がある。わたくしたちは乳付で、その酷さに挑まなければなりません」

赤子を亡くしたことをひとことも語らずに新次郎に乳を付けつづけた女の顔を、民恵は正面から見た。

昔、激しい悋気をしたことも、離縁されてから後添えに入ったことも、瀬紀の美しさの彫りを深めているようだった。やはり、信明は見誤ったのだと、民恵は思った。

その日の夕七つ、瀬紀が戻るのと入れ替わるように、民恵の父親の島崎彦四郎が姿を見せた。非番の日は決まってそうであるように、軽衫を穿き、継ぎ竿と魚籠を手にしている。

探索という仕事柄なのか、それとも、もともとの性分なのか、彦四郎はすっと人のなかに入っていく。すでに信明はむろん、隆子まで釣りの輪に取り込んで、目の前の芝の海は言うまでもなく、羽田の沖や相模の川崎くんだりまで舟を繰り出していた。いまや、神尾の家の誰もが、彦四郎がいつ顔を出しても当り前と思うようになっている。民恵と目が合って、井戸端を借りるぞ、と言ったときは、もう隆子とのやりとりをひとしきり済ませてきたあとだった。

「今日はどちらまでおいででした？」

彦四郎が台所ではなく、井戸端を借りると言ったときは、なにか話があるときである。民恵はなにげない言葉を並べながら彦四郎の傍らにしゃがみ、まだ胸に残る瀬紀との語らいを脇に退けた。

「羽田の六郷だ」

彦四郎は器用に石鰈を捌く。魚籠のなかには鱸と沙魚も入っている。

「いまの六郷は、夏の魚と秋の魚が共にいる」

すでに五十を回っているが、彦四郎の横顔は崩れていない。いまなお端整と言える顔立ちは人の気持ちに分け入っていくには邪魔となりがちなものだが、そうなっていないのは、彦四郎が己の容貌にまったく関心がないからだろう。

「間もなく殿様もお戻りになると存じます。みな、大の好物で、さぞお喜びになりましょう」

初めて、信明との縁組の話を知ったとき、彦四郎は即座に、あのお方は良い、と言った。なんで信明のことを知っているのかと思ったら、御当代様への初見に先立つ、予見のための調べに当たったのが彦四郎だった。

両番家の嗣子の齢が頃合いになって初御目見を願い出ると、徒目付が身辺の調査をした上で、御公儀御留流の手練と儒学者の二人が事前に接見する。たまたま、神尾の家から願いが出されたとき、担当に回った徒目付が彦四郎だったのである。民恵が信明との話を受け入れたのは、そういう縁もあった。

「昨日だが……」

民恵の言葉には応えずに、彦四郎は言った。

「信明殿は御城でのことをなにか言っておらなかったか」

目は俎の上の石鰈に向けられている。包丁を握る手も動きつづけている。

「いえ」

民恵は目を石鰈から彦四郎の横顔に移した。

「いつも御城のことはなにもお話しになりません。昨日もそうでした」

「さようか」

「なにか、ございましたのでしょうか」

問いながら、民恵は、昨日に限って信明が自分には言わずに西湖吟社に立ち寄ったことを思い浮かべた。あるいは御城で、なにかあったのだろうか。

「信明殿とは直には関わりない」

彦四郎は石鰈を五枚に下ろし終える。

「しかし、まったく関わりないとも言えない」

「有り体におっしゃってくださいませ」

「実は昨夜、西の丸書院番組の四番組で刃傷があった」

「えっ」

民恵は信明からはむろん、噂にも聞いていない。

「同じ書院番組でも、信明殿は本丸だから事件の場にはおらない。しかし、当然、事の次第は知っているはずだ」

「どういうことでございましょう」

「くだらんことだ。実にもって、くだらん」

顔を曇らせながら、彦四郎は言った。

「四番組に、父君がそこそこに重い御役目を務められている番士がおってな。来月実施の運びとなっておる御当代様御出の鷹狩に際して、栄えある役を仰せ付けられた。それを不服とする他の番士たちが、親の威光を笠に着てと、よってたかっていびり抜いたのだ」

彦四郎は石鰈を大皿に盛って、鱸に取りかかる。

「御当代様をお護りする天下の書院番組とはいっても、この平時にあっては実際にやることはなにもない。ただ、城内虎間に控えて、刻が過ぎ去るのを待つだけと言えなくもない。おのずと、いったん人との仲がこじれると、いじめは陰湿なものになる。おまえに言って聞かせるのも憚られるほどの非道が繰り返された」

民恵は、自分が昨日の事件というよりも、信明の御役目じたいをなにも知らないことを知った。それを誇ってきたわけではないが、両番組は世間の目の通りに、御旗本のなかの御旗本なのだろうとは思ってきた。そこで非道が行われるなど、想像すらできない。

「さすがに堪えかねたのだろう。昨日、その番士がいじめを主謀した同僚三名を脇差で斬殺した」

「そのお方は……」

即座に、民恵は訊いた。

「どうなりましたでしょう」

「その場で自裁した。介錯もなしに、辛かったであろう」

「まったく、存知ませんでした。まったく、なにも」

民恵と共にいるときの信明は顔を曇らせたこともなければ、溜息をついたこともない。祝言の前と変わることなく、民恵の風除けでありつづけてくれている。

しかし、昨日もそういういつもの信明であるためには、家に戻る前に詩社に寄り、しばし、御役目からいちばん遠い話を交わす必要があったのかもしれない。

「まだ病み上がりのおまえの耳に入れることではないのだが、あえて話したのは、信明殿を支えられるのは、神尾家の用人でも母君でもなく、おまえだからだ」

「こんなわたくしがでございますか」

「ああ」

「お戯れにしか聞こえませぬ」

「儂（わし）が言ったのではない。信明殿が言ったのだ」

「殿様が……？」

「ああ、おまえを頼りにしていると言っておられた。寄りかかっておるとな」

「まさか」

「儂もそう言ったが、まことのことです、と真顔で言葉を返された」

彦四郎が両手を動かして、大皿の石鰈の隣りに鱸が添う。

「信明殿に親の威光はないが、頭抜（ずぬ）けた漢詩の才がある。御重役には漢詩を嗜む御歴々（おれきれき）が多いので、信明殿の覚えは殊（こと）の外（ほか）めでたい。つまりは、同僚の嫉妬を招きやすいということだ。信明殿は溝口派一刀流の遣い手でもあるゆえ、いまのところあからさまな動きは見えないが、こういうことはある日突然、頭をもたげる」

彦四郎は沙魚にかかる。皮一枚を残して頭を断ち、腹に包丁を入れて頭を捻（ひね）るときれいに腸（わた）が取れた。

「くだらなさも極まるが、それが現世（うつしよ）だ。くだらなくて当然。諸々（もろもろ）のくだらなさを捌いて前へ進まねばならん」

民恵も沙魚に手を伸ばす。なにかをしていないと落ち着かない。いつも父にまつわりついていた民恵は十歳を回った頃にはもう魚を下ろすことができた。信明が言ったように、民恵は有り合せの材料で、そこそこ旨い料理をつくることができる。

「そうはいっても、それは理屈だ。くだらんものは、ただただ、くだらん。堪えるのも限度があろう。かく言う儂には、とても勤まらんかもしれん」

　そうしているあいだにも、沙魚の艶やかな身が、つぎつぎと並ぶ。

「だがな、幸いなことに、書院番が詰める日はけっして多くない。番の日がいかに堪え難くとも、他の日を笑って過ごせていれば、自裁せねばならなくなるところまで切羽詰まることはないはずだ。信明殿がおまえを支えてくれているように、おまえが信明殿を支えてさしあげろ」

　そう言うと彦四郎は腰を上げて新しい水を汲み上げ、両手を洗った。

「わたくしは、どのようにすれば……」

「取り立てて、することはない」

「はっ？」

「また、できるものでもない。ただ、心に留めて、おまえらしくしておればよい。

信明殿はな、おまえの詩は開いていると言っておられた」

「開いている……」

「戸が開け放たれていて、風通しのよい詩だとな。なおかつ、躰で、身の丈で物を考えるから、頭が走っていない。自分の詩がはたしてこれでよいのかと迷ったとき、いつもおまえの詩に立ち戻っているそうだ」

「まことでございますか」

「躰で物を考えるから、詩だけではなく、さっとつくる料理もすこぶる旨い、とも言われておったぞ」

「よく分かりませぬ」

民恵も沙魚の血を洗い流して言った。

「儂もようは分からん。では、これにてな」

「殿様にお会いになってゆかれないのですか。きっと、この造りを見て知ったらがっかりされます」

「いや、今宵(こよい)はこれから御用がある。また、寄らせてもらおう。よろしくお伝えしてくれ」

そう言って魚籠を拾い上げると、照れたような顔を浮かべてつづけた。

「躰を大事にな」

「父上」

そのとき、民恵はふと思った。自分は信明だけでなく、彦四郎の御勤めについても、なにも知らない。

「なんだ」

「もしかしたら、父上はわざと、勘定所の筆算吟味に落ちつづけたのではございませんか」

「馬鹿な」

ふっと息をついて、彦四郎は言った。

「儂にそんな器用な真似(まね)はできん」

その日の夕餉は、石鰈と鱸の造りと沙魚の天婦羅で話に花が咲いた。

父上の包丁は相変わらず見事ですな、と信明が言い、その上、御父上は美男でいらっしゃいます、と、少し酒が回った隆子が言った。隆子は相当にいける口である。

そうでしょうか。民恵が混ぜ返すと、そうですとも、ときっぱりと言い、もしも御父上が独り身であれば、わたくしが後添えに入りたいくらいです、とつづけた。

「今宵は、母上はいささか御酒（ごしゅ）が過ぎたのではありませぬか」

信明が笑い、なんの、なんの、そう申さば、もう沙魚釣りの季節に入ったのですね、と隆子が天婦羅を頬張って、信明、近々、三枚洲（さんまいず）辺りに舟を繰り出しましょう、と話が跳ぶ。

「三枚洲もよろしいですが、わたしはこの前、初めて相模寄りの川崎へ行ったので、次は本牧辺りまで足を延ばしてみとうございます」

「よいですよ、本牧でも。島崎の御父上とご一緒なら、どこでもよろしい」

民恵は、そんなことが父の耳に入ったら、ますます図に乗ります、などと茶々を入れながら、ともあれ、たしかにここには笑いがあると思ったりしていた。

隆子が彦四郎を話題にするほどに、井戸端での話がよみがえって、夕餉のあとで少し話すことができればよいがと思ったのだが、佐渡奉行所に赴任する詩友へ贈る詩を仕上げねばならぬからと言って、信明は書斎に入った。

ま、今日の今日、話さなければならぬものでもなかろうし、出ぬなら出ぬでもよいからと、寝所(しんじょ)で新次郎を抱いて乳房を玩具(おもちゃ)にしていると、妙に熱心に、新次郎が乳首を吸う。

もしや、と思ってたしかめようとしたが、新次郎は唇を放さない。

そのうち目で認めずとも、自分と新次郎が乳で繋(つな)がっているたしかな感触があって、昼間、瀬紀が初めて我が子に乳を与えたときに、あ、こういうことなのかと感じた、と言っていたのは、こういうことなのかと、深く得心(とくしん)が行き、そのまま乳を与えつづけた。

すっかり満腹になって、新次郎が眠りに就いた頃に、殿様がお茶をご所望になっています、と芳が言いに来る。しばし新次郎を看(み)てくれるように頼んで水屋(みずや)に行き、茶を点(た)てて書斎へ運ぶと、民恵の顔を見るなり、信明が、どうしました?と問うた。

「はあ?」

「いや、なにか良いことでもあったように見えますが……」

そのとき咄嗟に、いえ、なにもございませぬ、と答えてしまったのはなぜなのだろう。あるいは、その夜ひと晩くらいは、新次郎と自分だけの秘密にしておきたかったのかもしれないが、よくは分からない。

「捗り具合はいかがでございますか」

なにやら背信を犯したような気になって、顔が赤くなっていないか気にしつつ、茶托を置く。

「九分どおり上がりました」

信明は茶碗を手にしてゆっくりと口に含んだ。

「あの、ひとことだけ申し上げておきたいことがあるのですが、よろしいでしょうか」

いきなり信明に、どうしました？　と問われて忘れかけてしまったが、廊下を歩んでいるあいだ中、そのことだけは言っておかねばと思いつづけていた。

「もちろん。なんでしょう」

「はい。あの、わたくしは悋気いたしました」

「悋気、ですか」

「はい、瀬紀様に悋気いたしました。まことに申し訳ございません」

「そうですか」

「きっとお叱りになってください」

「いや……」

信明はまた茶を含み、遠くを見やってから言った。

「人は悋気をするものです」

そして、ひとつ息をついてつづけた。

「そう言えば、明日は二十六夜待ちでしたね」

「そうでございました！」

二十六夜待ちは藪入りから十日が経った七月二十六日、暁八つの頃に上がる月を遥拝する行事である。月の出とともに、竜神が神仏に捧げる灯火である竜灯と、阿弥陀三尊の御姿が漆黒の空に現われるとされる。

「今年は、あるいは、二十六夜待ちは無理ではないかと案じていました。せっかくですから、明日は新次郎を芳に頼んで、品川辺りに繰り出しましょう。久々に、二人で詩を詠みませんか」

「是非！」

顔を綻ばせながら、民恵は、なんで、なにもございませぬ、などと嘘をついてしまったのだろうと、くよくよと思っている。

蓬莱（ほうらい）

朝井まかて

朝井まかて（あさい・まかて）
一九五九年大阪府生まれ。二〇〇八年に小説現代長編新人賞奨励賞を受賞しデビュー。一三年に『恋歌』で本屋が選ぶ時代小説大賞、一四年に同書で直木賞、『阿蘭陀西鶴』で織田作之助賞、一五年に『すかたん』で大阪ほんま本大賞、一六年に『眩』で中山義秀文学賞、一七年に『福袋』で舟橋聖一文学賞、一八年に『雲上雲下』で中央公論文芸賞、『悪玉伝』で司馬遼太郎賞、一九年に大阪文化賞、二〇年に『グッドバイ』で親鸞賞、二一年に『類』で芸術選奨文部科学大臣賞、柴田錬三郎賞を受賞。著書に『白光』『ボタニカ』『朝星夜星』など。

手綱を引き、鹿毛の馬の脇腹を右足で軽く蹴った。

平九郎の意を汲んで馬は力強く背肉を弾ませ、鬣を揺らす。

そうだ、その勢いだ。

馬に声を掛け、正面の空を見上げる。

ここはお茶ノ水にある桜ノ馬場で、その名の通り、桜と楓の大木で知られる。

今の季節の桜は黄葉し、楓の枝先はもう紅だ。木々の梢の向こうには、さらに大きな濃緑が空に突き出している。馬場の南東に隣接する湯島聖堂の森で、屋根の甍が緑の合間に見え隠れする。

平九郎は身を前に傾けると、鞍から少しばかり尻を浮かせた。手に弓を持っていればこのまま上体を立てて矢をつがえるところだが、馬場には的が構えられていない。

武芸の中でも刀と弓、槍、そして馬の四つはことに重んじられ、「武芸四門」

と称されてきた。しかし戦の気配が消えて久しい泰平の世では、時々、将軍の意向によって思い出したように武芸が奨励されるが、大名、旗本の子弟にとって馬術はもはや嗜み、消閑に過ぎない。

平九郎も、ただ馬が好きで乗っている。屋敷の厩にはこの鹿毛が一頭いるばかりだが、躰を洗うにも馬丁まかせにせず、自ら清水を呑ませ、毛並みを整えてやる。そしてこうして馬場を訪れて、一緒に疾走する。

さらに身を起こし、膝をそろりと立てた。尻が持ち上がり、掌の指をゆっくりと開く。指先から離れた手綱を鞍の上に落とし、総身を真っ直ぐに伸ばした。馬の躰に接しているのは鐙に置いた足、そして膝の内側だけだ。

そのまま走れ。突っ走れ。

馬上で直立したまま両の腕を上げる。肩と水平に腕を広げ、手の甲を下に向けた。総身が風を受けるが、膝を締めれば躰は揺らがない。風の中をただ、ひた走る。

床几に腰を下ろして休憩していた者らが、一斉に「おお」とどよめいた。四人とも平九郎の幼馴染みだ。いずれも旗本家の二男、三男で、親や長兄の厄介になっている「部屋住み」、すなわち冷飯喰いである。

「十文字乗りだ」

水の竹筒や手拭いを手にしたまま、次々と立ち上がった。

平九郎も同様の部屋住みで、三河以来の旗本、三浦家の四男として、本郷の拝領屋敷に生まれた。一回り歳上の長兄は亡き父と同じく、小十人組の組頭を務めている。

「平九郎が十文字乗りをしておるぞ」

馬術にはいくつかの流派があるが、平九郎は師に付いて格別の修業をしたわけではない。幼い時分から身が軽く、この幼馴染みの連中と馬場に出入りするうち、こんな無手勝流を編み出していた。十文字乗りなどという技名も、連中の誰かがいつしかそう呼ぶようになっただけのことだ。

連中がこっちを眺めながら、言葉を交わしているのが見える。

「久しぶりだの、あれをやるのは。しかし今日が見納めか」

「そうよな。明日はいよいよだ」

平九郎が初めてこの乗り方をした時、馬場に沸いた歓声を今でも憶えている。

万一、落馬して命を落としても、誰も困らぬ身の上だ。捨て鉢ではない。本気で、至って冷静にそう思っていた。

家督、つまり家禄を継ぐのは長男に限られるので、二男以下は他家に養子に入るか婿養子に入るか、このいずれかでなければ妻帯できない。親や長兄の厄介になっている間はほぼ無禄、年に二百俵ほどの「捨て扶持」しか収入がないのだ。とても妻子を養ってはいけず、多くの子弟は独り身の厄介者として生涯を過ごす。

「平九郎、落ちるぞ。いい加減にいたせ」

いや、いっそこのまま落ちてもよい。

そう思いながら、風の中を駈ける。お秋の後ろ姿がまた泛んだ。

お秋、すまぬ。

平九郎は明日、祝言を挙げる。格上の旗本、中山家に婿養子として入るのである。兄、真幸は上役からその縁談がもたらされた時、あまりの良縁に耳を疑ったと言った。

ふた月前、七月に入ったばかりのことだ。

「大番の組頭が、お前を婿養子としてお望みだそうだ」

真幸はいつになく上機嫌で、目尻を緩めている。平素は屋敷内で平九郎の顔を見るたび目をそらし、どこかが痛いような、まるで尻の腫物を思い出したような顔つきで通り過ぎるばかりだ。

平九郎の次兄は頭も見目も良かったので元服前に養子の口が掛かったし、三兄も二十歳になる前に義姉の遠戚に婿養子に入った。四男の平九郎だけが、二十六になるこの歳まで生家に居残っている。

むろん肩身は狭いが、家と家との間で決まる縁組など、己ではいかんともしがたいことだ。養子に限らず、婿養子も若者であるうちに話が決まることが多い。先方にとっては若く柔軟な歳頃の方が家風を仕込みやすく、跡継ぎも儲けやすいからだ。

「当家には分の過ぎる良縁ぞ。耳を疑うたわ」

平九郎も己の人生をほぼ諦めていたので、思わず訊き返した。

「大番の組頭が、にござりますか」

旗本が就く職務は大きく二つに分かれており、武官としての務めは「番方」、文官のそれは「役方」と呼ばれる。

　番方は公儀の軍として殿中や城門の守衛、城番、そして大樹公が出行の際には供奉を務める。組織は書院番に小姓組、大番、新番、そして兄の真幸が勤める小十人組などがあり、中でも大番の番士は家柄を重視して任じられるのが長年の慣いだ。その組頭ともなれば、相当の格を持つ家だと知れる。

　真幸は昂奮してか、額や頬に赤みが差している。

「先方は中山仁右衛門殿と申されての。家禄千石高ぞ」

　三浦家は旗本の中では中堅どころの二百石、近頃では御家人でも御役によっては二百石の俸禄を食む者がある。

「それにしても、何ゆえ私を」

「弟によきご縁があればと、常々からお願いしておったのよ。それを香川様が気に留めていてくださった。有難き仕合わせ」

　兄は上役らしき名を口にして、感激しきりだ。平九郎はなお腑に落ちない。

　当主に子がない、あるいは娘しかおらぬ家は、そのままでは絶家となり俸禄も支給されなくなる。そこで養子か婿養子にふさわしい男子を探して縁を組み、跡継ぎに据える。これは珍しいことではなく、平九郎が知る限り、実子でない相続は十家のうち七、八家ほどに上るだろう。場合によっては夫婦養子を取っている家もあり、つまり本来の血筋はその時点で終わっている。血筋にこだわっていては、家などすぐに絶えてしまうのだ。

さまで頻繁な養子縁組であるが、まず家格相応の縁組であることが最低限の条件だ。かなうことならそれ以上、つまりわずかでも格が高く、持参金を厭いなく付けられる高禄の家から、才と人柄に優れた俊英を迎えたがる。その方が家としてより強固な縁故が作れ、養子や婿養子が順調に出世を果たせば一族郎党、なお栄えるからだ。平九郎の幼馴染みも、「格」「富」「才」、そのいずれかを持っている者から順に縁談が訪れ、冷飯喰いから脱した。

しかし此度は、まるで逆だ。「遥かに格下で、大した持参金も用意できぬ家から、才も人柄も凡庸な男を迎えたい」と、言ってきている。己でそうと認めるのは不甲斐ないが、二十歳前後まではいくつかあった縁談も立ち消えになり、この数年は話すら来なかったのだ。認めざるを得ない。

にもかかわらず、なぜ格上の旗本が俺を望む。

「兄上、その中山家というは」

先方の真意を訊ねかけた時、真幸が顔を動かした。まだ夏が去りきらぬ七月の陽射しで、障子が白い。そこに人影が映って、「よろしゅうござりますか」と声がした。真幸の妻である綾乃だ。背後に下女を従えており、膳を捧げ持っている。はっとして顔を確かめたが、お秋ではない。胸を撫で下ろしている己に気がついて、たじろいだ。

そうか。お秋と別れることになるのか。

今頃、それが頭を過り、目を伏せた。主君や父、兄が決めた家の女と一緒になる、それが武家の定めではある。しかしお秋とは、もう三年越しの仲だ。

「平九郎殿、おめでとうござりまする」

目を上げれば綾乃が膳の前にいて、酒器の片口を持っている。日暮れ前だというのに酒を勧められているのだとわかって、口の中で「は」と呟いた。義姉に酒を注がれるなど、初めてのことだ。

「平九郎、さように恐縮いたすでない。これからは気の張る酒宴にも出ねばならぬ身ぞ。家にふさわしく、悠々と構えるが肝要。そうだ、綾乃、小笠原流の礼式の書があったろう。あれを平九郎に渡してやってくれ」

「かしこまりました」と綾乃は請け合い、また平九郎に向かって口を開く。

「婿入りの御道具揃えは私がしかと承りますゆえ、ご安堵くださりませ」

義姉は口が大きい。それにしても、こんなに機嫌よく話ができる女だとは知らなかった。当家に嫁いできて十五年ほどになるはずだが、兄と同じく、年々、平九郎が気鬱の種になっているのが露わであった。

「ご遠慮なく召し上がれ」

促され、綾乃の酌を受けた。さして旨くもない酒だ。背後で気配がして、振り向けば甥が広縁から入ってくる。

十三歳で、まだ前髪がある。下座で膝を畳み、辞儀をした。

「叔父上、おめでとうござりまする」

甥は母親に似て、やけに口が大きい。義姉上に言い含められて祝いを述べに訪れたのだなと察した途端、包囲されていると感じた。

兄の上役からもたらされた縁談なのだ。兄の立場や三浦家の今後を思えば、千に一つも、平九郎が断れる道理はない。しかし兄といい義姉といい、有無を言わさぬような圧をかけてくる。ますますもって、腑に落ちぬ。

盃を膳の上に戻し、膝を揃え直した。

「兄上」

妻の酌を受けている真幸が、目だけを上げた。義姉も酒器を持ち上げたまま、顔だけでこなたを見返っている。

「中山家の屋敷は、いずこです」

格別の意があって訊いたのではなかったが、兄が途端に眉間を皺めた。義姉は廊下に控えていた下女を呼び、甥を自室に連れていくように命じている。

「若様」と下女に促されて、甥は平九郎に会釈もせずに立ち上がった。

幼い時分は随分と懐き、子守りもよくしたものだ。それが部屋住みのできる、わずかな役割の一つでもある。しかし十を過ぎた頃からか、徐々に隔てを置くようになった。三浦家の嫡子として学問に励むようになったからだ。近頃は番方の家でも、文に秀でておらねば出世がかなわぬものらしい。

三浦家も元はといえば、六百石の禄を受ける家であったのだ。しかし七代前の当主が大樹公の前で失態を犯し、勘気を蒙って免職されたという曰くを持つ。以来、艱難辛苦の末、祖父がようやく小十人組に番入りを果たし、亡くなった父はひたすらその御役を守った。

そして目の前の兄、真幸も謹厳実直を貫き、出世はしないが失敗もないだろう生き方だ。勤めぶりを目の当たりにしたことはないが、身にまとっている気配でおおかたの察しはつく。屋敷でも大酒をせず、愚痴も大言壮語も吐かない。唯一の愉しみが将棋で、子供の頃、父をも負かす腕前であったのに、上役と対局すれば三度に二度は必ず負けて帰る。

そんな日はなお訥々と薄い笑みを泛べているので、平九郎にはわかる。出世のためではないのだ。今を守るために、兄は将棋で負ける。

兄夫婦はここまで地道に家を支えてきて、ようやく我が子に賭ける気になったのかもしれない。しかも頭痛の種であった末弟を、ついに家から出せる。

平九郎は、言い方を変えることにした。

「兄上、此度のお話、真に有難く、謹んでお受け申しまする」

すると真幸は黙って頷いた。

「おやおや、今頃、さようなことを」と、義姉が呆れたように頭を振る。断れる立場ではないではないかと言いたげな面持ちだ。しかし兄は「綾乃」と制してから、平九郎を見た。

「中山家は裏二番町（うらにばんちょう）だ」

一気に告げた。

「番町、ですか」

謎が解けて、そうか、なるほどと得心した。

「大層、お美しいご息女だと伺（うかが）うておりますよ」と、義姉が口許に手を添えて笑う。

「波津（はつ）様と申されて、お歳は二十歳。平九郎殿とも釣り合いがよろしゅうござりまするな」

番町辺りは大身（たいしん）の旗本屋敷が多く、江戸の小町か衣通姫（そとおりひめ）かと謳（うた）われる美人が多いことで知られる。ただ、平九郎ら部屋住みの間ではもう一つ、根強い噂（うわさ）があった。

――番町屋敷の息女らは淫奔（いんぽん）極まりない。未通の娘は百人に一人、あるかなきかだ。

おそらく、中山家の息女もその類(たぐい)なのだろう。醜行が祟(たた)って格上や同格の家からは婿の来手がなく、望みを下げに下げて平九郎に白羽の矢を立てた。

「平九郎、行ってくれるのだな」

兄上、今さら、何でそんな申し訳なさそうな目をして念を押す。

「是非もなきこと」

首肯(しゅこう)した。

障子の向こうで器が微かにぶつかり合う音がして、障子がゆっくりと動いた。

「遅かったではありませぬか。早う、肴(さかな)を」

義姉に急(せ)かされて、お秋が盆を捧げ持って入ってきた。きつく引き結んだ唇(くちびる)は、鈍(にぶ)い鉛(なまり)色をしていた。

平九郎は馬上で腕を伸ばし続ける。

「おい、いい加減にせぬか。落ちるぞ」

「誰か、止めろ」

縁組はあくまでも家を継ぎ、次代に渡すものであるので、大名から下級武士に至るまで許可を得る必要がある。幕臣であれば幕府に、藩士であれば主家に届け出て許しを得ねばならない。

中山、三浦両家から縁組したい旨(むね)の届を出したのが、七月の半ばだった。その後、若年寄(わかどしより)から沙汰(さた)を受け、婚約の仕儀が整った。

それからは、毎日のように儀礼が続いた。結納(ゆいのう)の遣(つか)いが中山家から訪れ、日を改めて平九郎が番町の中山家に出向いて当主の仁右衛門夫妻と対面、「吸物(すいもの)」と「盃事(さかずきごと)」と呼ばれる儀式を行なった。その際、中山家の奥座敷には介添仲人(かいぞえなこうど)が同席するのみで、平九郎の兄、真幸は列席しない。これは婿入りに限らず、嫁入りの場合でも同様のしきたりだ。むろん、花嫁当人は顔を見せない。

想像に反して仁右衛門夫妻は派手な厭味がなく、佇(たたず)まいも静かだ。内心、ほっとした。

数日後、今度は仁右衛門が三浦家を訪れ、兄もその際は同席して、また吸物、盃事をして祝った。その後も親戚縁者への挨拶(あいさつ)廻りが続き、仲人の屋敷にも挨拶に出向いた。

介添仲人役は、仁右衛門の上役である大番頭(おおばんがしら)、吉川勘助(きつかわかんすけ)夫妻だ。家禄は五千石、まさに生粋の大身旗本だ。祝言当日はむろんのこと、仲人には生涯、交誼を願うものなので、中山家の用人が出向いてきて平九郎に付き添ったほどだ。

婿入り道具はすべて新調され、すでに中山家に届けられている。兄の真幸は八十両もの持参金を用意してくれた。算段の苦労がわかるだけに有難く、黙って頭を下げた。

あとは明日、祝言を挙げるのみだ。

平九郎は馬上で腕をようやく下ろし、膝を曲げた。鞍の上に尻を置き直して手綱を持ち、馬の駈け方を緩める。聖堂の森のかなた、澄んだ空を雁の群れが行く。

また、お秋の姿が過る。

婚約が正式に決まってから後、努めてお秋のことを考えぬようにしていた。夜も幼馴染み連中に招かれて祝宴が続いたので、考える暇もなかったに等しい。

だが昨夜、離屋の自室に久しぶりに落ち着いて坐った時、胸が塞がった。

何か、一言でも声を掛けてやらねば。

そう思うのだが、いったいどう言えばよいのか、わからない。畳の上に仰向けに寝転び、まんじりともせずに虫が鳴く声を聞いていた。

遠慮がちに、ほとほとと戸を叩く音がして、身を起こした。何がしか予感がした。戸を引けば、やはりお秋だ。

下女らの部屋は奥の台所のそばにあり、お秋は朋輩らが寝静まった隙を見計らって寝床を脱け出してくるのが常だった。

最初は三年前、洗い上げた下帯や手拭いを日暮れ前に持ってきたのだったと思う。それで口をきくようになり、深間に落ちるのにさほど時は掛からなかった。お秋は十五だったか。

手近なところで精を晴らしたと言われれば、その通りだ。まぐわうことが目当てで、お秋が離屋に忍んでくるのを待った。兄夫婦にそれを知られたくはなく、母屋で行き遭ってもお秋を眼中に入れぬようにした。平九郎の幼馴染みには侍女や下女に手を出してその仲を吹聴され、大層、手を焼いた者がいる。

しかしお秋は露ほども仲を匂わせるようなことはせず、人目のない裏庭や厩の前ですれ違っても、黙って小腰を屈めるのみだ。だが離屋を訪れた夜は、自ら胸に飛び込んできた。肩や背中に爪を立て、あえかな声を出した。

お秋は戸口の中に身を入れたものの、土間の暗がりに突っ立っている。顔はよく見えない。

平九郎も裸足で土間に下りたが、やはり黙って立っていた。何かを話さねばと思うのだが、言葉を探しあぐねて目を伏せてしまう。結句、お秋が先に口を開いた。

「お暇を頂戴して、在所に帰ります」

消え入りそうな声で告げた。

微かに訛りを残したその喋り方を義姉はよく叱っていたが、平九郎にはそれがずっと好もしかった。

今朝、お秋は屋敷から姿を消していた。もしかしたら義姉は二人の仲に気づいていて、口入屋を呼んだのかもしれなかった。

眼差しを戻した刹那、馬場の植込みが目前にきていた。息を呑み、咄嗟に手綱を引いて馬の鼻面を脇へ向けたが間に合わない。馬がいななき、幼馴染みらの叫ぶ声が聞こえる。

躰が宙に浮き、そして土煙の中に落ちた。

庭に面した奥座敷で、平九郎は坐している。

大紋に長袴という礼装で、頭には風折烏帽子だ。これから「式三献」という儀式を始めるゆえで、大中小、三枚の盃を重ねてのせた三方を挟み、平九郎は上座、待上臈は客座である。待上臈は祝言の儀式を取り仕切って滞りなく進める女人の役で、介添役である大番頭、吉川勘助の妻女がそれを務めてくれている。

あとは嫁が座敷に入ってくるのを待つばかりで、他には誰もいない。式三献に父母や縁者は列席せず、婿と嫁、待上臈の三人だけで行なわれる。

正面の広縁沿いの障子は閉てきってあるが、時折、橙色の灯が秋風に揺れているのが見える。松樹の庭に、中山家の紋入りの高張提灯が掲げられているのだ。

祝言はなぜ、夜に行なうのだろう。

武家に限らず町人も百姓も、婚礼の儀式は夜に執り行なうのが古来の慣いだ。互いの尻尾や角が目につかぬように、闇に紛れて婚家に入ってしまうのだろうか。するりと、それまでの己の不実や醜さをすべて忘れて、捨て去って。

また、畳の上に目をやった。古式ゆかしい縁起飾りが並べられている。

「蓬萊飾りにござりますよ」

　それまで押し黙っていた吉川の妻女が、つと口を開いた。歳の頃は五十も半ばで、よく肥えて貫禄がある。

「蓬莱」

「仙人が住むと言い伝えられる神山、蓬莱山です。山形の台はその蓬莱山をかたどってあり、松竹梅に鶴亀、翁と媼の人形を取り合わせてあります。生涯で最も大事な最初の夜をあらゆる吉祥で祝い、この縁が幾久しゅう続くようにと願うて飾るのです」

　妻女は若い頃、城の大奥に奉公していたらしく、それで儀式のさまざまにも通じているらしかった。

　生涯で、最も大事な最初の夜。

　確かにそうだ。平九郎は妻を娶るというだけでなく、中山家の当主となるのである。三浦家の系図からは抹消され、これまでとは全く異なる人生を歩む。

　やがて芳しい香の匂いが漂い、衣擦れの音が近づいてきた。侍女に付き添われ、白装束の新嫁が座敷に入ってくる。

　平九郎の妻女となる波津だ。練絹の白小袖を二領、その上に幸菱の地紋が入った打掛を重ね、頭から綿帽子を深くかぶっている。波津が下座に腰を下ろし、侍女が打掛の裾を直している間に別の侍女が入ってきた。侍女は酒の入った瓶子を持ち上げ、平九郎、波津、そして待上臈の順に、三枚の盃に三度ずつ酒を注ぐ。それを呑む。

まもなく、膳が運ばれてきた。

「次は、饗の膳。これも、夫婦の縁を結ぶ儀式です」

そのまま待上臈だけが同席しての祝膳で、塩引きの魚や鯛の厚作、巻鰑や削昆布などが並んだ五の膳だ。平九郎は腹が空いていたが、鯛と汁掛け飯だけを口にした。波津は箸をつけるような所作をしただけで、それが作法であるのかどうかはわからない。

婿入りの初夜は、それらの儀式だけで終わった。疲労困憊して、客間にのべられた床に入るなり大息を吐き、そして目を閉じた。

波津を思い返しても白しか泛ばない。小袖と打掛、綿帽子、何もかもが無垢な白だ。綿帽子の中の面貌はまるでわからず、咽喉から顎にかけてもやはり白かった。ただ、歩く姿がすらりとしていた。

平九郎なりに、相手がいかなる娘であろうと覚悟はしていた。しかしどうやら、親の決めた縁を受け容れる気にはなっているらしい。いや、くだんの噂は、噂に過ぎなかったのやもしれぬ。よくよく考えれば、番町に住む旗本の娘など大変な人数だ。そのすべてが淫乱のはずがない。

少しばかり安堵して、たちまち眠りに引き込まれた。

翌日の夜は義親である仁右衛門夫妻との盃事を行ない、その後、祝宴となった。ここにも三浦家の者は並ばず、中山家の親族のみだ。生家の親族との祝宴は、里帰りの際に行なわれる。

平九郎は肩衣（かたぎぬ）に長袴の姿に変えており、波津も色を直し、紅色地（べにいろじ）に幸菱の地模様が入った赤い衣裳だ。もう綿帽子ははずしているが、まともに見るのははばかられる。しかし誰かに酒を注がれるたび、隣の俯（うつむ）いた横顔が目の端に入った。高過ぎも低過ぎもしない鼻と、口の朱赤だけが見える。

狐や狸のごとき面相でも今さら逃げるわけにはいかぬが、またも安堵した。

宴はしみじみとくつろいだもので、平九郎にはこれも慮外だった。格を誇る家ゆえもっと仰々（ぎょうぎょう）しいものになるかと想像していたが、仁右衛門夫妻と親族は打ち解けて謡や能の舞を披露し、そして騒がずに呑む。平九郎にも酒を無理強いせず、一献を注ぎながら「よろしゅう」とだけ言って自席に引き上げてゆく。

それでも随分と盃を重ねることになり、やがて酔いが回ってきた。下戸ではないが、こうも肩の張る場で酒を呑んだことがない。生家の離屋で幼馴染みらと集まり、安酒を酌み交わすのが精々だった。

「さ、一献」

目の前で瓶子を持っているのは、波津の外祖父にあたると紹介された白髪の老人だ。さきほども、矍鑠と謡を披露していた。

「よう、婿に入ってくださった」

盃を持って酒を受けると、老祖父は白眉を下げた。

「波津は一人娘にて親が甘やかし放題にいたしたゆえ、おそらくご苦労をかけると思う。あんばいよう、乗りこなしてくだされ」

孫娘をまるで馬のように言う。しかし初めてだった。これまで誰も、両親である仁右衛門夫妻も波津のことを口にしなかったのだ。家と家との縁組であるのでこんなものかと、不思議にも思わなかった。

「のう、波津。しかとお仕え申すのだぞ。よいか、後はないのだぞ」

祖父の念押しに、波津は人形のように押し黙っている。

「ところで平九郎殿、その顔は如何(いかが)された」

思わず掌を右頬に当てた。一昨日、馬から落ちたのである。咄嗟に身を翻(ひるがえ)したものの、右の半身をしたたかに打ち、しかし何よりひどかったのは顔だ。馬場の土には砂や小粒の石も混じっており、熊手で顔を洗ったような擦り傷が残った。義姉は「縁起でもない」と眉を顰(ひそ)めたが、中山家に入ったのは夜ということもあり、誰にも気づかれなかったのだ。見て見ぬふりをしてくれていたのかもしれない。

「馬から落ちましてござりまする」

「落馬か。それは勇ましや」

何が気に入ったか、小膝を叩いて笑っている。仁右衛門夫妻も眉を下げ、互いに顔を見合わせた。

ひょっとして中山家は変わり者揃いなのかと、内心で首を捻(ひね)る。祝言の前に落馬して、たいそう人相の悪い婿なのだ。にもかかわらず、面白(おもしろ)がっている。不心得を叱責されるよりはましだが、奇妙な心地だ。

かたわらで、くすりと声が洩れたような気がした。思わず、波津の横顔をまともに見た。朱赤の唇の両端が上がり、頬も緩んでいる。「ん」と目をしばたたくと、最前の硬い面持ちだ。

酔いが回ったかと、平九郎は己の眉の上をこすった。

寝衣（ねぎ）に着替えた平九郎は大の字になっている。

最初は蒲団（ふとん）の前で正坐していたのだが、なにせ酒を過ごしている。しかも手持ち無沙汰で、時折、乾きかけた顔の傷を掻（か）いたり欠伸（あくび）をするうちに、畳の上に横になっていた。

顔を動かすと、有明行燈（ありあけあんどん）の微かな光が絹蒲団（きぬぶとん）の地紋を照らし出している。上掛けの掻巻（かいまき）には蓬萊山に鶴が飛び、亀が五色の尾を広げている刺繡（ぬい）だ。「床入（とこい）り」の儀はこの客間で行ない、明日からは夫婦各々の寝間に移る。仁右衛門夫妻はすでに隠居用の離屋を新築して、引き移っていた。

酔いが醒めた頭からは祝宴の晴れがましさが去り、不安が立ち昇っては揺れる。

俺なんぞがこの家の当主になる。果たして務まるのだろうか。

次之間（つぎのま）から微かな声がして、「はッ」と返事をした。家臣のような言いようだったかと、咳払いをする。

波津が入ってきた。白い寝衣に細帯を前で結び、髪は髷（まげ）を解いて首筋の後ろで一つに結わえているようだ。平九郎の前まで進んできてゆるりと腰を落とし、両の手を膝前でつかえた。やはり、いい匂いがする。

「ふつつか者にござりまするが、よろしゅう、末永（すえなご）うお願い申し上げまする」

「こちらこそ、よろしゅう頼む」

声が掠（かす）れて出て、また咳払いをした。

「つきましては、平九郎様」

「ん」

「初めに、お願いしておきたい儀がござりまする」

波津が顔を上げた。初めて正面から相対して、胸が早鐘のように鳴り出す。

行燈の灯だけでも、その華やかさがわかるのだ。瓜実顔（うりざね）で額が清く、鼻筋が通り、目許は生き生きと明るい。口も大きくない。そう、柔らかそうな、品のよい唇だ。

かほどに美しい女が、俺の妻女になったのか。

信じられぬ思いで、思わず見惚れた。

「私は朝が苦手にござります。殿のご出勤時には起きられませぬので悪しからず」

途端に、鐘が鳴りをひそめた。

「それから、私が外出をいたします折には行先についてのお訊ねはご無用に願いまする」

今、何と。

「そして一日の終わりには必ず、その日にあった出来事を私にお話しくださること。すべてとは申しませぬ。ただ三つでよろしゅうございます」

波津は嫣然と微笑んでいる。

朝は起きられぬから、身支度の手伝いも見送りもせぬ。

外出先は一々、詮索するな。

それでいて、毎日、その日にあったことを報告しろ。

夫にそう宣言したのか、この女は。

呆然として、波津を見返す。

波津は再び辞儀をして、蒲団の前に膝行(しっこう)している。手前の掻巻をめくり、そしてすっと、ためらいもなく身を横たえた。

「さ、どうぞ」

「どうぞ、とは」

「床入りを早う済ませてしまいましょう。私は宵(よい)っ張りにござりますから平気ですが、平九郎様はさぞお疲れにござりましょう」

白い手が手招きをして、吉祥の蓬萊と鶴亀が怪しく波を打った。


祝言を挙げて半月の間は里帰りや諸方への挨拶に忙殺され、今日、平九郎は初めて登城する。

騎馬での登城だ。供揃いの人数は家格によって決められており、中山家の場合、近習(きんじゅ)が二人に若党二人、槍持と馬の口取(くちとり)、挟箱持(はさみばこもち)、草履取(ぞうりとり)に中間(ちゅうげん)らも合わせれば総勢十一人にもなる。

初登城の際は感激もひとしおだろうと想像していたが、いざ大手門(おおてもん)前の橋前に着くと、あまりの光景に面喰らった。辺りは煮鍋のようにごった返しており、大変な喧騒だ。先争いをして奴同士が怒鳴り合い、馬が首の鈴を鳴らしていななく。

平九郎は馬の背に手を当て、小声で「どう」と鎮めてから通りに降り立った。

朝四ツの太鼓が打ち鳴らされたのを機に、「行ってまいる」と供衆に告げて橋に向かう。

「行っておいでなさりませ」

供の者は主人が勤めを終えて門から出てくるのを、このまま城外で待つのが役目だ。十一人とも神妙に頭を下げて見送る。家臣らは皆、つい先だってまで冷飯喰いであった平九郎を見下げることもなく、実のある仕えぶりだ。馬も同様に従順で、平九郎の言うことをよく聞き入れる。馬は乗り手を見る生きもので、相手によっては舐めてかかって足を噛むこともある。

そして隠居屋敷に住む義父、義母も、初対面の頃からずっと態度が変わらない。物腰が穏和で、仏間で顔を合わせるつど労ってくれる。

「わからぬこと、お困りのことがあらば、何なりとお申し出くだされ。我らにできますことは、何なりといたしましょうほどに」

平九郎は「有難き仕合わせ」と礼を言いながら、内心では思わずこう呟いている。

わからぬこと、困っておること、ござりまするとも。義父上と義母上の間に、何ゆえ、あんな我の強い、高飛車な娘が育ったのでござりましょうや。床入りの夜、波津はあろうことか、夫に「咎めるな、詮索するな、報告はせよ」と命を下したのですぞ。

しかも人前では小面憎いほど巧妙に、貞淑な新妻を装っている。三浦家に里帰りした折も、波津は兄夫妻をたちまち籠絡した。真幸など恐れ入ってしまい、祝宴の途中で平九郎の袖を引き、障子の陰に呼んだほどだ。

「まことに、あれが中山家のご息女か」

狐につままれたような面持ちで訊く。

「さようです」

「ふうむ」と唸り、「首尾は」とさらに声を低める。

「首尾と申しますと」

「つまり、あれだ。床入りは無事に済ませたのであるか」

兄は言いにくいことを口にする時、早口で一気に、心太（ところてん）を押し出すように喋る癖がある。

「は。まあ」

兄はたぶん、例の噂を気にしていたのだろう。が、平九郎にはよくわからなかった。波津が噂通りの淫奔か、いや、それ以前に未通であるかどうかさえ判然としなかったのだ。高飛車な申し渡しの直後に「どうぞ」と手招きされて、すっかり気圧（けお）された。

兄と二人で座敷に戻れば、義姉の綾乃が大きな口に手の甲を当てて笑っていた。

「波津殿はさすが、お見立てがおよろしいこと」

持参した祝儀の品がよほど気に入ってかすっかり舞い上がり、はしゃいでいた。そして波津は無愛想な甥をもまんまと取り込み、一緒に庭に下りて姿を消したかと思えば、厩にまで足を運んだという。

「見事な鹿毛にございますね」

平素は厩に近づかず、むしろ馬術の鍛錬を厭うていたような甥が、馬を褒められて頰を赧（あか）らめていた。

波津の本性に、兄一家は露ほども気づかなかった。

床入りの夜に言った通り、波津は日が高くなってからしか起きてこず、朝餉(あさげ)の給仕もしたことがない。侍女がそれを受け持ち、今朝も初登城だというのに裃(かみしも)の身支度は用人が手伝い、波津は見送りにも出てこなかった。

そういえば、用人も中山家に長年仕えてきた忠義者だ。波津の外祖父に負けず劣らずの年寄りで、介添仲人の屋敷で初めて顔を合わせた時など「よう婿に入ってくださりました」と涙ぐんでいた。

誰も彼もが波津の縁談に頭を悩ませてきたらしく、しかも皆、打ち揃って波津に甘い。

平九郎は今日までほとんど毎日、何がしかの用があって外出をしていたので、留守中、波津が屋敷にいたのか出歩いていたのかすらわからない。さりげなく奥の侍女や用人に訊ねてみたが、誰も口を割らない。

もしや、外で逢引きでもしておるのか。疑いが萌(きざ)したが確かめる術(すべ)がない。だいいち、今さら破鏡(はきょう)にしたとて、平九郎に帰る家はない。

そして波津は毎夜、寝衣姿になって平九郎の寝間を訪れる。

「殿、今日は何がござりました」

蒲団の前に坐り、にこと、それは無垢な笑みを泛べて平九郎を見上げる。その様子を見る限り、不義密通を犯しているとは思えない。だいたい、波津の調子は起き抜けより日中、日中より夕方、さらに夜が更けるに従って上向く。

最初のうちは「別に、大したことは何もない」などと答えていたが、そう言うとたちまち眉間を曇らせ、「では、順に辿って参りましょう」と命じられ、事細かに報告させられる破目に陥った。眠くてたまらぬのに、波津が得心するまで寝かせてもらえない。

「今日は、介添仲人の吉川殿に礼を述べに屋敷に伺うた」

「ご苦労さまにござりました」

これで、まず一つ。

次は、少々気の重い報告だ。吉川は平九郎の職務に触れ、「いきなり大番組頭の御役を継ぐのは、難しかろう」と言ったのだ。まずは修業のつもりで勤めるがよいとの考えで、義父の仁右衛門もすでに承知しているという。

「じつは、書院番の組衆として勤番することに相成った。ちょうど空きがあったらしい」

「おめでとうございまする」

波津があっさりと頷いたので、平九郎は「よいのか」と訊いた。

書院番は序列としては大番よりも格が上だが、その組衆は一介の番士だ。他の番方と同様、書院番もいくつかの組で構成されており、指揮官である番頭と組頭が一人ずつ、その配下に組衆が五十人、与力が十騎、同心二十人が配置されている。

「一介の番士であるぞ」

義父の仁右衛門は大番の組頭であったので、方々からの付届が引きも切らなかったはずだ。その実入りをすべて失うに等しい。

しかし波津は平然としている。

「どうということもございませぬ。それに奥の掛については、用人が差配しておりますゆえ」

己の埒外だということか。

「それにしても。御書院番は大番と同じく、番方にござりましょう。何が違うのですか」

平九郎もよくわからなかったので、吉川に教えを請うてみた。部屋住みの頃は、番方の仕事はどれも同じようなものだろうと捉えていたのだ。訊ねることを恥ずかしいとは思わなかった。仲人は両家の家格や収入の違いは承知の前、今さら虚勢を張ってもしかたがない。

「戦場(いくさば)での働き方が違う」

「戦にござりまするか」と、波津は不思議そうに訊き返す。大坂の夏の陣から数えても百有余年、世は泰平が続いている。

「いや、役目の元々がさようであったということだ。大番は敵方への攻撃を受け持ち、書院番は防御を担(にな)う。とくに大樹公の御身(おんみ)を護衛するのが、書院番の最大の任務である。とはいえ、今は戦そのものがないゆえ、やはり警護が主な奉公だ。大樹公が外出の際には、行列に従って供奉(ぐぶ)をいたす」

波津は小さく頷き、じっと平九郎を見つめてくる。

「もう、よかろう。俺は寝る」

「まだ二つしか伺っておりませぬ」

「今、たんと話したではないか」

「私の訊ねたことにお答えになっただけにございます。あと、もう一つ」

　膝を前に進めて攻め込んできた。まったく厄介な妻だ。しかし逆らうのも面倒で、平九郎は早々に退却を決めた。目を天井(てんじょう)に向けて、一日を思い返す。

「そういえば、よい馬を見かけた」

「馬」

　波津は両の眉を上げ、馬の「ま」の形のまま口を半開きにしている。いったい何がそうも興味を引くのか、まるで解(げ)せない。

「そなた、馬が好きであるのか」

「それはいかなる馬にございました」

　これだ。己の問いにはどうでも答えさせるくせに、こなたの問いははぐらかす。

「足の運びが軽やかで、しかも躰の揺れがない。白毛の駿馬(しゅんめ)だ」

　吉川の屋敷からの帰りに、ふと思いついて桜ノ馬場に寄ってみたのだ。幼馴染みらがいるかと思ったが誰の姿もなく、平九郎はしばし見知らぬ者らの馬術を眺めた。一瞬、お秋のことを思い出しそうになって、右頬を搔いた。落馬した際の擦り傷はほぼ治ったものの暗い蒼色(あおいろ)が広がって、なお人相が悪い。

むろんお秋のことは口に出せるわけもなく、ともかく三つ目を出さねば勘弁してもらえぬので、馬のことを持ち出したまでだ。

「三浦家のお馬も、よき馬にござりましょう」

「ああ、鹿毛か。あれも気性のよい馬だが」

「なら、ようござりました」

満足げに、すうと鼻で息を吸っている。柔らかな胸が動く。大き過ぎず小さ過ぎもせぬ乳房の感触が掌によみがえったが、波津は「では」と手をついて辞儀をした。

「本日はこれにて。おやすみなされませ」

「ああ、うん」

同衾(どうきん)していけとも言えず、波津の後ろ姿を見送る。毎夜、そんな調子だ。

草履の裏が小石を踏む音が、ざっ、ざっと辺りに響く。途方もない人数の幕臣が今、出勤している音である。

平九郎は大手門を潜り、さらに人波に従って三之門(さんのもん)、中之門(なかのもん)を通り、玄関前門である中雀門の階を上った。

年が明けて春を迎え、夏になった。

早朝から隅田川の堤に坐り、釣り糸を垂れている。

今日は明番で勤めは休み、そこで安住という古参に誘われて出掛けてきた。釣りは大して好きでもなく気が重かったが、新入りが先輩の誘いを辞退するなど許されない。

「ヤッ、また鱚じゃ」

草の上に肩を並べて坐る安住は銀色のその魚を釣り上げるたび、自慢げな声を発する。

安住は新入りへの当たりが厳しい男だ。泊番の際には新入りの番士が酒や菓子を持参するのが慣いで、むろん飲酒は禁じられている所業だが、他の組では「朝水」と称して登城前に一杯引っ掛けてくる強者もいるようだった。

「何じゃ、このべたべたとした不味い酒は」

「菓子が硬い。歯が折れる」

安住は叱言を浴びせ続ける。平九郎にではない。時を前後して番入りした者は他に二人おり、その二人が常にぎゅうという目に遭わされている。新入り歓迎の宴では吐くほど酒を強要され、放歌乱舞を披露させられていた。

そしてなぜか、平九郎だけはその難を免れている。

酒や菓子は用人が用意した物を差し出すだけなのだが、「中山殿はわかっておられる」と持ち上げられ、宴席でも客人のようなもてなし方だ。内心、安堵しつつ、他の二人からはいつしか隔てを置かれる格好になった。二人は今や「お神酒徳利」と綽名されるほど親しくなっているが、平九郎には素っ気ない会釈のみだ。

昨夜、波津に「先輩に釣りに誘われた」と話した。毎日、出来事を三つ報告し続けているので、古株のその名を波津も憶えていた。

「随分と、可愛がられておいでなのですね」

団扇を手にしており、珍しく平九郎にも風を送ってくる。

「今は何が釣れるのでしょう」

「知らぬ」

「殿、あと二つ、お話が残っておりまするが」

「明後日は朝番だ。その次の日は夕番、以上」

わかりきったことを口早に告げて、蚊帳の中に入った。そんな態度を取ったのは初めてだったが、波津の口ぶりが妙に気に障った。

勤めの憂きことを何も知らぬくせに、浅ましく歓びおって。

また己だけが依怙の沙汰かと思うと、久しぶりに取り出した釣り竿までが重く感じられたのだ。しかしそのことは波津には黙っていた。他の二人が何かときつい扱いを受けていることも、己だけが免れていることも口に出せるものではない。

波津はそのまましばらく団扇を遣っているふうだったが、やがて自身の寝間に引き上げていった。当然のこと、今朝は姿を見せていない。

「何じゃ、何じゃ、まるで上がっておらぬではないか。さては、魚に侮られておるのか」

安住は平九郎の桶を覗き込み、からかうような口振りだ。そして有難くもない指南をして、「そうそう、なかなか筋がよい」と濁声で持ち上げる。

やがて真昼の九ツも過ぎた時分になり、汗が止まらぬほどの陽射しになった。堤の背後に大きな楢の木があって、朝のうちはその木蔭に坐っていたのだが、今は影が移って頭の上から照りつけられている。

「そろそろ引き上げ時か。やれ、汗だくになり申した。釣果はいかに」

安住が腰を上げ、また平九郎の桶の中を見て、「これは気の毒な」とわざとらしく眉を下げた。

「ただ一尾とは。いや、いっそ豪快」

安住の桶の中は、魚が跳ねて飛び出してしまうほどの量だ。安住は己の桶を持ち上げ、平九郎の胸の前にずいと差し出した。

「進呈しよう」

「は」

「そのざまでは、屋敷で待ちかねておられる奥方に顔向けができぬであろう」

「手前の妻は、端から私の腕を当てにしておりませぬ」

「うちの妻子は皆、鱚に飽いておるゆえ、よいよい、持って帰れ」

この男は何ゆえ、俺に親切にする。

「安住殿、これは頂戴し過ぎにござります」

思い切って強い言いようをすると、安住がにわかに頬を強張らせた。

「有難迷惑か」

機嫌を損ねたか、粘ついた言いようだ。

「は、いえ」

「手に余るようであれば塩を打ち、一夜干しにするがよい」

黙っていると、安住は腰を屈めて釣り竿を仕舞い始めた。

「そうじゃ、明日は朝番ゆえ弁当を遣う。皆に配ってやれ。さぞ喜ぼう」

別れ際はもう、いつもの愛想のよい物腰に戻っていた。

「では、明日」

平九郎も礼を言い、隅田堤を離れた。

番町の屋敷に帰り着き、台所に近い裏口から入った。

板ノ間に波津の姿があって、面喰らった。日中、台所にいるとは思いも寄らない。生家の義姉でさえ下男下女に指図をして、自身は滅多と台所で過ごさなかった。しかし波津は襷(たすき)がけで前垂れまでつけている。女中らに交じって笊(ざる)の前に坐り、朗(ほが)らかな声で喋っている。

平九郎が裏口から入ったことに波津も驚いたのか、板ノ間の上がり口まで早足で寄ってきた。

「お帰りなさりませ」

平九郎が土間の上に置いた二つの桶を覗き込み、「まあ」と目を瞠る。

「ご立派なお腕前」

「俺が釣ったものじゃない」

「と、申されますと」

青豆の筋を手にしたまま、怪訝げに訊く。

「安住殿の釣果だ。これを残らず一夜干しにしてくれ。明日、登城の際に持って参らねばならぬ」

「一夜干しをお持ちになるのでござりますか」

首肯すると、波津は女中に何かを命じ、ややあって用人が板ノ間に入ってきた。

「殿、鱚の一夜干しを城中にお持ちになるとは、まことにござりまするか」

血相を変えている。

「そうだが」

「なりませぬ。縁起でもない」

「一夜干しが不吉なのか」

いかにもと、重々しく頷くではないか。

「御老中が重篤な病で床に臥しておられる時、大樹公が見舞いとして贈られる品が鯛の味噌漬にござりまする。そしてとうとうお亡くなりになれば、鱚の一夜干しを贈られるのがしきたりにござりますれば」

「ということは」

言いたいことがよくわからない。

「今の御老中の中にはご高齢のお方がお二方、おいでになります。かように不吉な物を城中にお持ち込みにならば、さてはご逝去かとの噂が駈け巡り、大騒ぎになりまするぞ。殿が不念、不敬の振舞いを咎められるは必定」

そうかと、平九郎は頬を掻いた。

「安住殿でも、さすがにご存じなかったか。危ないところであった」

独り言に用人が物問いたげな目をしたので、事情を説明した。用人は鼻から息を吐く。

「城中がいかほど縁起を担ぐ場であるか、長年、番士を勤めおる者が知らぬはずはありませぬ」

と言い、「いえ」と慌てて言葉を継いだ。

「殿がご存じなかったのは無理もありませぬ。御奉公を始められて、まだ日も浅い御身(おんみ)にござりますれば。ただ、その古参の者はわざと命じたとしか思えませぬ」

ふむと、平九郎は腕を組んだ。

ふと目を上げれば、波津が桶の中から鱚をつまみ上げていた。

翌日、朝番の勤めを終えると、安住は皆を呼び集めて車座に坐らせた。

「昨日、中山殿と釣りに参ったのよ」

「それはそれは。何が釣れた」

「夏の隅田は鱚に決まっておろう。のう、中山殿」

顎をしゃくったので、平九郎は持参した重箱を安住の前に差し出した。安住が「どれどれ」と蓋(ふた)を外す。肚(はら)の中で舌なめずりでもしていそうな面だ。が、両の眉を吊り上げて絶句している。

一夜干しは如何(いかが)した。

おそらく、そう叱責したいのだろう。しかし仲間の耳を気にしてか、唇を上下に揉むばかりだ。

「手前の妻が不調法にて、飴煮にしてしまいましてござる。塩を打って干した物を持参するようにとのお指図でありましたものを、ご勘弁くだされ」

平九郎が言うと、皆が一斉に顔を見合わせた。

「わしは何も指図しておらぬ。何を勘違いしておるのやら」

安住は憮然として、横を向いた。

やはり、俺を嵌めにかかったのだ。気紛れに俺を贔屓にしていたが、釣果を辞退したのが気に障ったか。それとも、これまでわざと俺を別格に扱っておいて、いきなり牙を剝いたか。

つまらぬ。何と、つまらぬことをする。

思わず、口の端を曲げていた。

組衆らはやがて重箱に手を伸ばし始めたが、安住とその仲間の五人ほどは車座から離れて酒だけを呷っている。

皆、古参であるが、生涯、組衆のままで、組頭にはとうてい出世しようのない家格だ。憂さが溜まるのはわかる。この身もつい先だってまで、城中に上がることすら考えられなかった。先行きもわからぬ。このまま組衆のままで終わるやもしれぬ。

「だが俺は、腐るまい」

屋敷への帰り道、馬に跨(また)がった平九郎は、今夜、波津にそう言ってしまうだろうと思った。それがまず、一つ。

二つめは、朋輩らに初めて声を掛けられたことか。

中之門を出たところで二人は待っており、歩きながら訊かれた。

「釣りで、安住殿は何と指図されたのか」

手短に話すと、不吉の品については二人とも知らなかったようだ。「雑魚(ざこ)の仕業、子供じみておる」と呆れていた。だが城中は縁起がらみのしきたりも多く、それを逆手に取ったやり口だ。

「しかし、中山殿。ようも鱈を飴煮にして持ってきた」と一人が言い、

「それがしも、次第を知って胸が空いた」

もう一人が小さく笑った。平九郎は「いや」と、頭を掻く。

「初めは相手にするのも馬鹿らしゅうて、何も持参せぬつもりだったのだ。が、それを種にして責め立てられるのは目に見えておったゆえ、どうせやられるなら、と」

女中に大鍋を用意させながら、波津が言ったのだ。

「どうせやられるなら、当方に異存ありと伝えましょうぞ」

憤然と、両肩を怒らせるようにして立っていた。

さて三つめは、何を話す。

「鱈の飴煮、旨かったぞ」

ん、それだけでよいだろう。

久しぶりに外出をしようということになって、波津は手ずから弁当を用意すると言った。

「後で参りますゆえ、殿は一郎太（いちろうた）と先にお向かいくださりませ」

「ならば、早苗（さなえ）も連れて参ろう」

平九郎は三歳になる娘を抱き上げ、厩に向かう。十二歳になった一郎太は幼い頃から仕込んだので、今では馬場でなかなかの走りを見せる。それを見て育ったからか早苗も馬がたいそう好きで、平九郎はたびたび抱き上げて馬に乗せてやる。尋常な母親であれば「危ない」と言いそうなものだが、波津がそれを止めたことはない。

「今日は鶏を潰して、串焼きにいたしまする」

楽しみにせよとばかりに波津は頬を明るませ、いそいそと台所に向かった。

波津が台所に入るようになったのは祝言を挙げて後のことだと知ったのは、駿府の役宅でだった。

駿府城は権現様がかつて大御所として政を行なった城で、書院番は毎年交替で在番を勤める。平九郎にその命が下ったのは鱈の一件があった年の末で、その翌年に赴任した。

その際、波津はどうしても一緒に行くと言ってきかず、いつものように我を通した。番町の屋敷よりも遥かに狭い役宅であるので、台所女中を城下で雇いはしたが、波津はほとんどを自ら料り、そして針を持つ姿も平九郎は初めて目にした。

殿のお口に入るもの、お肌に触れるものをご用意いたすのは、武家の妻の務めにござります。いずれも、お命にかかわることにござりますれば。

殊勝なことを言ったが、やはり朝は起きてこなかった。寝間も役宅で初めて同室になったので、平九郎は毎朝、口を半開きにした寝顔を見てから寝床を脱け出す。波津は呆れるほどよく眠り、日中はよく働いた。

そして毎晩、平九郎はその日の出来事を三つ、波津に報告した。

「今日、上役の采配に異論ありと、同心が申し立てに参った」

同心は旗本よりも格下の御家人が任じられる役務で、番士の配下である与力の、さらに配下である。

「もしやまた、新入り苛めにござりますか」

「いや。上役の与力がその場限りの理不尽な指図を繰り返すゆえ、そのつど、二十人ほどが右往左往させられているらしい。これでは徒労が多過ぎ、勤めを真っ当に果たせぬとの上申だ」

本来、上役の指図に異論があっても、二度までは上役を立てて黙って従わねばならない。それでも看過できぬ場合は直属の上役を飛び越え、さらにその上に申し立てることができる。

それが昔ながらの武家の作法であることを、平九郎はもう弁えていた。

「殿に申し立てに参ったということは、殿がその道理の次第を裁かれるのでござりますか」

「さようだ。むろん当の与力からも話を聞き取ってのことになるが、今日、密かに調べを入れさせたところ、同心の言い分に偽りは見当たらぬ」

波津はしばし黙した後、「それにしても」と長息した。

「その同心は、よほどの覚悟をもって上申したのでありましょうね」

波津の言う通りだった。堪忍袋の緒が切れたという体ではなく、耐えに耐え、熟慮した末の申し立てに聞こえた。むろん免職の沙汰をも覚悟していただろう。

顔が土気色だった。

平九郎は床に入っても、暗い天井を睨み続けた。

どう裁きをつければよいか、逡巡し続けている。昔ながらの作法など、とうに風化している時世だ。今は上役の気息を窺い、髭の塵を払うに長けた者が生き延びるし、上役となった者も配下から尊重されるのが当たり前だと思い込んでいる。

俺が与力を叱責いたさば、配下の同心に対して恨みを持つことになりはすまいか。刃傷沙汰にでもなれば大事だ。

闇の中で、波津の声が静かに響いた。

「泰平の世で、何よりにござりまする」

「ん」

「戦場であれば、上役の指図違いは多くの兵の命を落とさせるが畢竟でござりましょうに」

天井を睨み続けるうち、肚が決まった。

上が道理を曲げれば、武士の世はすたれる。

あの同心の覚悟に、俺は応えねばならぬ。

平九郎は駿府在番を二度経験した翌年に書院番組頭に任じられ、その後、徒頭を経た後、役方に転じて目付を任じられた。

兄の真幸はそれを「かくも出世するとは」と、喜んでくれた。

「いずれ幕閣に入るのも望外ではないぞ」

兄は近々隠居して、甥に家督を継がせるつもりであるらしい。甥は来年、波津の従妹を嫁に迎えることになっている。

「この三浦の家も引き立ててくれ。よしなにな」

「兄上、私が幕閣などあり得ませぬ」

平九郎は苦笑したものだ。己に大した才がないことは自覚している。何か事が出来するたび迷い、呻吟しているのだ。上役の機嫌を取るのも、相変わらず苦手である。

役職を転じても禄は変わらず、ただし位階は布衣に上がった。

しかし平九郎が最も歓びを感じたのは、嫡男の一郎太を得た時だ。最初の在番を終えて江戸に戻った年に、一郎太は生まれた。夫婦になって四年目のことで、心底、安堵もした。旗本としては、家を継ぎながら子を生さぬとあっては、当主の役割を果たしたことにならない。義父母に申し訳が立たなかった。義父母は娘よりもさらに孫を甘やかし、目の中に入れても痛くないほどの可愛がりようをして、波津に窘められる始末だった。

二人は五年前と四年前に相次いで身罷ったので、孫娘の早苗は抱かず仕舞いだ。

用人も代替わりをして、当代は平九郎より十も若い、三十歳の用人が家を取り仕切っている。

ゆっくりと、人の往来に配慮しながら一郎太は馬を操っている。その背中を見守りながら、平九郎は後に続く。左腕で娘の柔らな躰をしっかりと抱き、膝の上に尻を置かせている。手綱は右手でのみ持つ。

桜ノ馬場に入ると、一郎太はさっそく馬を走らせ始めた。供の衆が床几を据えたので早苗を渡してそこに坐らせ、平九郎も馬から降りてかたわらに腰を下ろした。

早苗はぽってりとした口を少し開き、一郎太が駈ける姿をじっと眺めている。母親によく似た面差しで、己の好きなこと、面白そうなことに出会うといつも双眸をりんりんと輝かせる。

秋晴れの空だ。

湯島聖堂の木々は緑が深く、その向こうを薄い鰯雲が泳ぐ。草叢で虫が鳴いている。

お秋。

ふいに、その名を思い出した。十数年ぶりに胸の裡が痛むのは、馬の鬣が風に靡いているからか。

あの夜、平九郎が婿入りをする二日前の夜だ。お秋が離屋を訪ねてきた。お暇を頂戴して、在所に帰ります。

消え入りそうな声で告げた。途端に未練が生じて、別れることなど無理だと思った。

逃げよう。何もかも捨てて、このままどこかへ行こう。

しかしどうしても、その言葉が出せない。黙ってお秋の腕を取り、手荒に抱き寄せた。お秋は逆らわなかった。しばらくして、お秋が身を起こす気配がした。ひっそりと、細い背中を丸めるようにして身仕舞いをしていた。

平九郎はその姿を、努めて思い出さぬようにしてきた。が、今は認めることができる。

俺は愁嘆場になることを避けるためだけに、お秋を抱いたのだ。

もしかしたら、お秋は最後に語り合いたかったかもしれぬのに。俺は、あの微かな訛りが愛おしかったのに。

「母上」

早苗が声を上げた。供の衆に囲まれるようにして、波津が馬場に入ってくる。最後尾の若党は提(さ)げ重箱を二つも手にして、少し重そうだ。一郎太が聖堂裏の植込み辺りで馬の歩を緩めたので、いつも早苗を可愛がっている中間(ちゅうげん)が早苗を抱き上げ、兄の許に連れていく。

空いた床几に波津が坐り、竹筒を差し出した。水を呑み、竹筒を波津の手に戻す。

「殿、如何(いかが)なさりました」

三十四歳になった波津の顔は、少し丸みを帯びた。

「俺はの、波津」

「はい」

「そなたと一緒になる前、女を捨てた」

波津は黙っている。

「不実な、情(じょう)のない別れ方をした。捨てたのだ。今、その女のことを思い出していた。願わくは、今、どうか倖せに暮らしていてくれと思う」

波津はまだ黙っており、そして遠慮がちに頷いた。

「私も、そう願いまする」

それからしばらく、また一郎太が馬を駈るのを眺めた。黄葉した桜葉が散り、紅に染まった楓の枝が揺れる。

「私にも、お慕い申すお方がおりましたゆえ」

平九郎は目瞬きをして、長年、連れ添った妻の横顔を見た。が、波津はこちらに目を合わせようともしない。

「私の噂は、ご存じでござりましたでしょう」

今日は何という日か。

かくも安穏な景色の中で十数年ぶりにお秋を思い出し、そして「淫奔」という言葉が生々しく甦ってきた。

「早う婿を迎えねばならぬと周囲に急き立てられ、けれど私はたいそう我が強うございましたから、界隈の娘らと一緒になって方々を遊び歩いておったのです。むろん乳母や供の衆が一緒にござりましたけれども、芝居見物や舟遊びに繰り出しては父上や母上を手こずらせておりました」

己の行状を打ち明けているのに、なぜか声を弾ませている。

「そしてあの春はとうとう、侍女の着物に身を窶(やつ)して屋敷を抜け出しました。仲のよい者同士、五人で町人の娘らのように花見をして酒(ささ)なども頂いたりして、他愛のない遊びではありますが、それは愉(たの)しゅうて。それで、いつしか聖堂裏の馬場にまで足を延ばしておりました。誰かが悪戯(いたずら)心で言い出したのです。おなごの身では滅多と入れぬその場をちと覗いてみましょうぞ、と」

波津は一郎太を見ながら、話を続ける。

「植込みから忍び込んで、そこで私は、鹿毛の馬を走らせるお方を見ました。桜の花びらが舞う中をそのお方は駈け抜けて、そして鐙に足を置いたまま、すうと躰を立てたのです。両の腕を真っ直ぐに伸ばして、十文字のように。まるで凧を引き連れて走っているように見えました。私は息を呑んで、言葉もなかった。あんなこと、生まれて初めてにござりました」

平九郎は一郎太に、あの十文字乗りを教えたことはない。戦場でかような真似(まね)をすれば、真っ先に矢弾(やだま)を浴びる乗り方だ。

中間に抱かれた早苗が戻ってきて、波津は娘を膝の上に抱き上げる。

「家に帰って、私は父上と母上に申し上げました。……どうしても、あのお方でなければ厭にござりまする」

娘に甘い仁右衛門夫妻は人を使ってその男の素性を突き止め、親族で話し合いを持ち、大番頭の吉川に相談に出向いたという。

「ですから私は正真正銘、旗本の娘にあるまじき奔放にござります。好いたお方と一緒になろうなど、正気の沙汰ではござりませぬもの。早苗がかようなことを言い立てましたなら、私は許しませぬ」

そうであろうなと、平九郎は苦笑を零した。

「では、床入りの夜になぜあのようなことを申した」

「はて、何のことにござりますか」

「外出先を一々、詮索するなと申したではないか」

波津は俯いて、早苗の洟を拭いてやる。

「詮索するなと言われたらかえって興味を持つのが人の常かと、企みましてござります。ですが殿は、私が台所で料理を学んでいることにさえ長いことお気づきにならなかった。私の負け戦にござりました」

「なら、あれの真意は奈辺にあった。その日の出来事を三つ報告しろとは」

問いつめながら、その理由にはもう見当がついていた。波津が顔を上げたが、「いや、待て」と掌を立てる。

「勤めに慣れぬ俺の様子を、知るためであったのだろう」

そしておそらく、波津なりに助力してくれたのだ。奉公の場であったことを妻に話したりなど、武家ではしないのが尋常である。しかし毎日、必ず話をしなければならなかった。ゆえに自ずとその日を振り返り、思考し、こうと決めたことは実践するようになった。むろん、うまくいった時もあれば、いかぬ時もある。それはこれからも続く。人が集まって動く以上、常に思惑はすれ違い、予期せぬ難儀は起きる。

ただ、一生、冷飯喰いであったはずのこの人生に真の逆転が起きたのは、やはり波津、そなたと話を積み重ねたからだ。

それは口に出せなかったが、波津は意を汲んだように平九郎の目を見た。

「私はただ、殿と毎日、お話がしたかっただけにござります」

目尻に柔らかな皺を寄せ、「さ」と言った。

「一郎太も早苗も、お腹が空きましたね。お弁当を開きましょう」

中間が馬場の中ほどに走り、手を振った。気づいた一郎太は軽く馬の脇腹を蹴り、真っ直ぐこちらに向かってくる。

ひとすじに、秋風の中を駈けてくる。

女敵討（めがたきうち）

浅田次郎

浅田次郎（あさだ・じろう）
一九五一年東京都生まれ。九五年に『地下鉄に乗って』で吉川英治文学新人賞、九七年に『鉄道員』で直木賞、二〇〇〇年に『壬生義士伝』で柴田錬三郎賞、〇六年に『お腹召しませ』で中央公論文芸賞と司馬遼太郎賞、〇八年に『中原の虹』で吉川英治文学賞、一〇年に『終わらざる夏』で毎日出版文化賞、一六年『帰郷』で大佛次郎賞、一九年菊池寛賞を受賞。一五年紫綬褒章を受章。著書に『一路』『黒書院の六兵衛』『大名倒産』『流人道中記』、「蒼穹の昴」シリーズなど。

なにげなく手にした書物を、その内容いかんにかかわらず熟読する癖がある。書物ばかりではなく、文字を記した印刷物ならばみな同様であるから、朝刊を読むに際しては記事にとりかかる前に、まず夥しい折込広告の類いを丹念に読まねばならない。

活字中毒もここまでくると重症である。だからこのごろでは、なにげなく手にする瞬間に読むべきか読まざるべきかという決心を、おのれに強いるようになった。

過日、母校の卒業生名簿が送られてきた。これを手にしてしまえば半日が潰れると思い躊躇したのだが、ついつい読み始めてしまった。

私は生来、物事の要領を得ぬ。要領を得た手順というものを知らぬ。だからあらゆる書物において、目的に適う部分だけを抜き読みすることができない。すなわち同級生の消息を温ねるにあたっても、あろうことか大正何年卒第一期生の頁から読み始めるのである。

むろん面白くも何ともないのだけれど、手順なのだから仕方がない。いつまでたっても物語の開示されぬ下手くそな長篇小説を読むかのごとく、私は分厚い卒業生名簿に没入した。話のクライマックス、つまり私の同級生もしくは記憶せる先輩の項目は遥かな先である。母校の長い伝統も、私ばかりには呪わしい。

しかし、資料調べをするときなども同様なのだが、何事にも不得要領の功徳というものはある。目的地に到達するまでの不毛の曠野を行くうちに、思いもかけぬ景観に出会ったり、貴重な発見をしたりする。

まさか卒業生名簿にはそれもあるまいと思いきや、まるで見知らぬ墓場をさまようように物故者の氏名ばかりを追い続けるうち、やはりひとつの興味に行き当たった。

そこに歴史上の知った名を見出した、などと言い出せばいかにも小説のプロローグにふさわしいが、そうではない。

名前の変遷の面白さに気付いたのである。古い時代の名前ほど想像力に富み、オリジナリティ溢るる命名なのだが、やがて世相を反映して雄々しい名前ばかりになる。戦後の私たちの世代の名は、その両方がともに喪われ、むしろ画一化される。男子ならば一文字か「夫」「男」「雄」を付けた二文字、女子ならば「子」があらかたを占め、何となくぞんざいな感じさえする命名が多くなる。さらに時代が下ると字面ばかりが派手やかになり、まるで源氏名か芸名を並べたかのようで読むだに気恥しい。おそらく全員が名前負けであろうと思われるほど、男子の名は気宇壮大、女子の名は優雅秀麗をきわめ、そのくせ同名が多いというのがまたおかしい。

かくして、子供の名前に反映された世相に思いを致すうちに、私はふと興味を抱いて、「命名から消えてしまった文字」を検め始めた。流行の文字よりも、死んだ文字のほうが世相を映すのではないか、と考えたのである。

半日どころか一日を要して、私は「死字」を追い求めた。第二次大戦前には「和」が死に、戦後は「勝」が死ぬ、などという表層的な現象はつまらない。もっと社会精神の根源に迫るような文字の喪失はあるまいかと、ひたすら数万の姓名をたどり続けた。

さて、すこぶる長い前置きとなって恐縮であるが、この物語は戦後社会において決定的に喪われたひとつの文字から始まる。

「貞」という字である。

白川静博士の『字通』に拠(よ)れば、この「貞」の正字は「鼎」の上に「卜」を置いた「鋸」という文字であるそうな。すなわち鼎(かなえ)によって卜問(ぼくもん)することをいい、転じて「とう、うらなう、ただす」、「ただしい、さだまる、よい」というような意味を持つ。総ずれば「神意にかなうほどの真実」というところであろう。

しかしこの文字は「貞操」や「貞潔」などの熟語として理解されてきたので、主として男女間の純潔を保持する徳目というように、一般には考えられていた。

かつては制約を受けていた恋愛というものが、けっして道徳的な禁忌ではないのだという意識の覚醒によって、「貞」の字は子等の命名から消えたのであろう。以(もっ)て然(しか)るべきである。

だが、はたして「貞」の字をしばしば名前に用いていた過去の人々が、それほど貞節を守っていたのかというと、あんがい怪しいのではないかという気もする。煩悩を紛らわせるだけの娯(たの)しみがほかにない分だけ、恋愛に、あるいは肉欲の成就に執着したのではなかろうか。

今となっては近松の戯作に垣間見るほかはないその種の話も、実はあんがい身近にある日常譚だったのではあるまいかと、私は憶測するのである。

こうして、時代の流れとともに名簿から消えた「貞」の一字が、私の空想の端緒となった。まったく物語は、どこから降り落ちてくるかわからない。

＊

奥州財部藩士吉岡貞次郎が、配下の徒士組三十名を引き連れて江戸勤番についたのは、去る安政末年の春であった。

井伊掃部頭が桜田門外で首を取られるという事件があって、ただちに藩邸の守りを固めよということになったのである。

幸いその懸念は杞憂であった。もっとも重臣たちの懸念の理由は、藩主土井出羽守が亡き御大老と多少の誼みを通じていたというだけなのであるから、災厄の降りかかろうはずもなかった。

ならば警固役などさっさと国元に戻してもよさそうなものだが、勤めらしき勤めの何もないまま、すでに二年半が経つ。吉岡貞次郎は赤坂中屋敷の勤番長屋に、配下の徒士衆よりはいくらかましな住居を与えられて、どうしようもなく暇な日々を送っていた。

若ければ物見遊山にも名物食いにも出かける。齢が行っているなら億劫である。だが三十五歳という年齢はそのどっちつかずで、ひたすら身を持て余していると いう気がした。

それでも当初の三十名のうちの半数は、順次国元に帰った。人選は御留守居役の差配により、齢の順である。ただし組頭の貞次郎がその順序に加えられるはずはなく、年長の者がいなくなってしまった分だけ話し相手もなくなった。

国元には五つ齢下の妻を残している。子はない。つまり夫婦の年齢を考えれば、長きにわたる不在は家の存亡にも関るのだが、そのあたりの事情は斟酌されなかった。むしろ老いた親もなく、育ち盛りの子もなければ身軽であろうと、簡単に考えられているふしがあった。

貞次郎には御公儀より年間百両という、傍が羨む御役料が支給されている。配下の徒士は四十両である。なにゆえ公辺からそのように格別の恩典があるのかといえば、つまり桜田御門の失態を二度演じてはならぬという配慮であるらしいのだが、おそらくは御殿様のごり押しであろうと貞次郎は睨んでいる。譜代の小藩ではあるけれども、かつて幕閣に参与した出羽守様の権勢は隠然たるもので、齢七十を過ぎた大殿様の要望が公辺に通らぬはずはなかった。

もっとも、半数の警固番士が帰国したのち、その分の御役料がどうなっているかは怪しい。

つまり吉岡家は百八十石の御禄を国元の妻が頂戴し、百両の御役料を江戸詰の貞次郎が戴いており、夫が不在の妻も、その夫も暇で仕様がないという夢のような暮らしを続けているのであった。

先行きの不安はあるが、まあよかろう、というのが吉岡貞次郎の本音である。

中屋敷の森がくれないに色付くころ、御目付役の稲川左近（いながわさこん）が江戸に上がってきた。

稲川は近い将来、藩政を背負って立つであろうと噂される利れ者（きれもの）である。部屋住みの次男坊に生まれたものが、見出されて江戸の昌平坂学問所に学び、帰国するや稲川分家として禄を賜わった。養子に出ることもなく分家を立つるというのは、よほどの才を認められぬ限りありえぬ話である。

幼いころからよく知る仲であるが、格別親しいわけではない。むしろ貞次郎にとって稲川左近は、まことに虫の好かぬ男である。たぶん左近も、御徒士組頭のほかには使いようのない貞次郎を軽侮している。

中屋敷に到着早々、稲川は従者を勤番長屋に差し向けて貞次郎を呼び出した。幼なじみが久しぶりに顔を合わせるのだから、いかに御目付役といえども不調法であろうと、貞次郎はすこぶる気分を害した。本人が訪ねてきて、長い勤番の苦労をねぎらってくれてもよかりそうなものだ、と思った。

表向に呼び出されるからには、身仕度を斉(ととの)えねばならず、中間(ちゅうげん)に月代(さかやき)も当たらせねばならぬ。

御殿に向かうみちみち、ふと貞次郎はおのれに何か粗相がなかったかと考えた。旧交を温むるのではなく、御目付役として詮議があるのなら呼び立てられるのも当然である。しかし、どう考えても科(とが)を蒙(こうむ)るような覚えはなかった。

一転して、これは吉報ではなかろうかとも思った。ようやく帰国の御沙汰があり、左近は内々にそれを伝えてくれるのではあるまいか。そういう話ならば、他聞を憚る勤番長屋よりも表向の座敷に呼び寄せたほうが賢明であろう。

「御目付様に申し上げます。御徒士組頭吉岡貞次郎様、お見えにござりまする」

茶坊主が廊下にかしこまって言うと、障子越しに不機嫌そうな左近の声が返ってきた。

「遅いではないか。ただちに参れと言伝てたはずだ」

心外である。言いぐさも権高だが、少くとも吉報ではないとわかって、貞次郎は茶坊主の肩を押しのけた。立ったまま障子を引き開ける。不調法には不調法で応じてもよかろう。

「おい、わしが何か粗相でもしたか」

と、挨拶もせずに言った。

左近の白皙の顔は怒りを含んでいる。貞次郎を睨み上げたまま、左近は剣呑な声で茶坊主に言った。

「わしが呼ぶまで、何ぴとたりとも取り次ぐな。茶も要らぬ」

左近はいまだ手甲を嵌めたままの旅装束である。はて、どうしたことであろうと、貞次郎は怒りを噛み潰して向こう前に座った。

「いったい何があったかは知らぬが、久しぶりにしてはたいそうな物言いだの。のう、左近。先ざきはどうなるにしても、今は幼なじみの同格だ。ほかの者はおぬしに媚びへつろうても、わしは御免蒙るぞ」

代々の御徒士組頭には出世も罷免も有りえぬので、こういう言い方は少しも怖くはない。むしろままならぬやつ、と思わせておくほうがよい。

このとき貞次郎は、御目付役の怒りについてある確信を抱いていた。配下の徒士が何かをしでかしたのであろう。三十人の組付足軽のうち、半数はすでに国元に戻っている。彼らが何か事件を起こせば、組頭が責めを受くるのは手順というものであろうが、ここで下手に出れば建前ではなく本音で科を蒙る怖れがあった。

「おぬしの御役目は存じておるがの。二年余りも江戸詰をさせたうえに、目の届かぬ配下の不始末がうんぬんなど、わしは聞く耳持たぬぞ。詮議をするというなら勝手にしゃべれ。それで御役目を果たしたことにはなろう」

「声が高いぞ、貞次郎」

と、左近は座敷の筬欄間(おさらんま)を見上げた。

声が高くて当然、むしろ聞こえよがしに言うているのである。主張をせねば災いが降りかかるという原理を、今さら知らぬわけではなかった。

「申してみい、左近。わしが何をした」

貞次郎の気力に圧(お)されて、左近は小声になった。だが、その怒りはむしろ内にこもって、端整な細面を歪めた。

「おぬしが何をしたとは申さぬ」

「ならばなにゆえ、そうまで尖っておるのだ」

「尖らねばならぬことが起きた。まあおぬしも尖らずに聞いてくれ。声はなるたけ控えよ。よいな」

襖の向こうに、暇な侍が聞き耳を立てているような気配がした。

「よいか、貞次郎。わしは御役目うんぬんよりも、おぬしをよく知る友として言う。何を聞いても驚くなよ」

「気を持たせるでない。配下が刃傷沙汰(にんじょうざた)でも起こしたか。その程度では驚くものかよ」

「いや、驚く」

「早う申せ」

左近はいっそう身を乗り出して、貞次郎の顔を招き寄せた。

「おぬしの女房が、不貞を働いておる」

しばらくは身じろぎもできなかった。左近の囁き（ささや）だけが頭の中をぐるぐると駆け巡った。驚いた、というほどなまなかではない。魂が天に飛んだ。

「噂話を耳にして、わしがひそかに裏を取った。この手の噂は千里を走るぞ。早う何とかせい」

「ひとつだけ訊いてよいか」

と、貞次郎はようやくの思いで言った。

「かつて不貞を働いたのではなく、ただいまこのときも不貞を働いておるということか」

「さよう」

左近は冷ややかに答えた。

「不義密通が公（おおやけ）となり、わしが女房殿にお縄を打てば吉岡の家が殆い（あやう）。いや、すでにことは公となっているも同然なのだ。かくなるうえはおぬしが国元に取って返し、女房殿を成敗し、女敵（めがたき）を討ち果たさねばならぬ。よって、おぬしにとってはまことに我慢のならぬことではあろうが、当の本人どもは噂が拡まっておることなどつゆ知らず、今も不貞を働き続けておるのだ」

とっさには何も思いつかぬのだが、稲川左近が吉岡の家のために心を摧（くだ）いてくれているのはたしかだった。

「おぬし、この用件を伝うるために来てくれたのか」

「実はそうだ。むろんどうでもよいほかの用事に託（かこつ）けはしたがの。ともかくわしとともに一刻も早う国元に帰れ。御留守居役様には何かうまい理屈を言うておく。よいな、貞次郎。あれこれ考える暇はないぞ。遅きに失すれば、吉岡の家がのうなる」

考えるどころか、あらゆる感情すらも消えてしまった。

「かたじけない」

と、貞次郎は左近に正対して頭を垂れた。

台所で燗をつけながら、おすみは男の思いがけぬ声を聞いた。

「突然だが、あす国元に帰る」

銚子の首をつまんだまま、手が止まってしまった。言葉をつなげてほしいと祈ったが、男はそれなり黙りこくった。

「さいですか。で、もう江戸にはお戻りにならないのかね」

江戸前の気丈な物言いは、人を責めているように聞こえるのかもしれない。おすみにそんな気持ちはなかった。いっとき所用で戻るだけなのか、それとも来るべきときがとうとうやってきたのか、どちらなのかを知りたかっただけだ。

男は答えに窮している。ということは、悪いほうなのだろうとおすみは思った。

「さーだちゃん」

と、おすみは銚子をつまんで振り返った。笑顔がいいと言われてからは、ずっと笑い続けている。それをやめれば男が、愛想をつかして国に帰ってしまうような気がしていた。笑いながら、もう手遅れだなとおすみは思った。

男は赤ん坊の小さな掌に人差指を握らせて、顔を覗きこんでいた。

「戻るかどうかはわからぬが、千太（せんた）をてなし子にしとうはない」

「てことは、戻ってくるんだね」

「先行きが見えぬのだ」

パカパカパカ、とお道化声（どけごえ）を上げながら、おすみは貞次郎に這い寄った。

「あたしや千太のことは心配しないでいいよ。ここの店賃（たなちん）は払えないかもしれないけど、長屋に引越せば何とかやってける」

もしこのときがきたら、お足の催促だけはけっしてするまいと、おすみはかねがね思っていた。江戸の妾ではなく、江戸の女房だという意地がおすみにはあった。銭金を口に出したら、てめえが妾だったと認めることになる。

赤坂新町のこの家は、いい仲になった早々に貞次郎が借りてくれた。二間続きの座敷に小体（こてい）な庭まで付いており、縁側から背伸びをすると、塀ごしに溜池の水面（みなも）を望むこともできた。

貞次郎が家を訪ねるとき、おすみは必ず「おかえんなさいまし」というが、「ただいま」という声が返ってきたためしはない。貞次郎はどこか悪びれるように、「邪魔する」と言う。そして、この家に泊まったことはただの一度もなかった。

　そんなはんぱな夫婦でも、この暮らしがなるたけ長く続くよう、おすみは山王様に願をかけていた。

「ねえ、貞ちゃん。こんなこと聞きたかないけどさ、もしやお国で何かあったの」

「いや」

　と、貞次郎はにべもなく答えた。そのそっけなさは、何かあったと白状しているようなものだ。どうもきょうの貞次郎はいつもと様子がちがう。おすみや千太との別れを嘆いているのではなく、むろんそれもあるだろうけれど、もっと重たい難儀を抱えているように見えてならなかった。つまり、その難儀のせいで女房子供を捨てるはめになったのだろうと、おすみは勘を働かせた。

「うそ。あたしはばかだけど、勘だけはいいんだ。言って楽になることだったら、何だって聞いてあげる。山王様よりましだよ。ウンもヒャアも言えるから」

　貞次郎は千太のかたわらに腹這ったまま、気味悪いものでも見るようにおすみを見上げた。

「まあ、そんなことはどうでもよい。それよりも、おまえに折入って頼みがある」

　嫌な予感がして、おすみは千太を抱き上げた。

「おとっつぁんたら、妙なお人だねえ。もう会えないかもしれないって金輪際のこのときに、折入っての頼みごとだとさ。つるかめつるかめ」

千太は手のかからない赤ん坊である。熱も出さぬし夜泣きもしない。顔は父親似だが、寝ているか笑っているかのこの気性は、あたし譲りだとおすみは思う。

「いずれ、千太を貰い受けたい」

どうせそんなことだろうと思った。だが、これぱかりは了簡できぬ。子を産めぬ女房のかわりに、あたしァ腹を貸しただけなのかと、おすみは胸糞が悪くなった。

「いずれ、ね」

言い返す言葉を嚙み殺して、おすみは笑った。べつに言い争うほどの話ではない。いずれその日がくる前に、千太を抱いて雲隠れしてしまえばいい。女手ひとつで子を育て上げるのはさぞ大ごとだろうけれど、あたしもまだ若いんだし何とかなるさと、おすみは笑い飛ばすことにした。

「だとすると、この千太もいずれ百八十石取りの若様だね。果報なこった。でも、お侍ならば千太じゃうまくねえ。千太郎。吉岡千太郎。うん、悪かない」

冗談もたいがいにしよう。笑いながらつい千太の凜々しい若侍姿を思いうかべると、覚悟が揺らいでしまいそうだ。

だめだめ。二本差しの若様よりも、おっかさんといるのが一番。

母の温もりを知らぬおすみは、千太の頰を抱き寄せると声に出さずにそう囁いた。

「おまえにはさんざ世話になったうえ、無理まで言う。まことに申し訳ない」

「そういうことは言いっこなし。世話になったの世話を焼いたのはおたがいさま」

「不自由のないよう、できるだけのことはする。とりあえずのところ――」

ほら、おいでなすった。

さてこうもたちまち話が運んだのでは、金を受け取らぬ言い分が思いつかぬ。

「貞ちゃん。あのね」

と、おすみは苦し紛れに途方もない言いわけをした。

「内緒にしてたんだけど、あたしのことをずっと待っててくれてる人がいるんだ。腕のいい職人だから不自由はないの。貞ちゃんのほうがはっきりしたら、あたしはとっととその人のとこへ行くからね。だからとりあえずも何も、お足はビター文いりません。はい、一丁上がり！」

突然の宣言がよほど堪えたのか、貞次郎の顔は、夜空の色に沈んでしまった。

「わしの頼みごとは、どうなるのだ」

「それなら任しといて。あたしァその人の子供を産むからいいわ」

「はあ。そういうものかね」

「そういうものよ。女と別れるのに銭はかからねえ、ガキは貰える。こっちは日蔭の身から晴れてお天道さんの下さ。おまけに千太は吉岡千太郎様に出世して、なに不自由のねえ若様だとなりゃあ、きっとこれも山王様のご霊験。ひえェ、ありがたやありがたや、とくらァ」

貞次郎は燗酒に口さえつけず、小半刻ばかり千太をあやして帰っていった。改まった別れの言葉はなく、おすみはいつものように木戸口まで送ったきりだった。

その晩は家がひどく広く感じられた。冷えた燗酒を飲み、この世にいもせぬ鯔背な職人の夢でも見ようかと床についたが、目が冴えてしまった。

「こんな晩くらい、夜泣きのひとつもしとくれよ。薄情者か、おまえ」

千太を寝かしつけてから、おすみは間に合わなかった袷の糸をほどいた。

「まったく、不器用ったらありゃしない」

独りごちたり鼻歌を唄ったりして何とか心をごまかしていたが、着物が藍の木綿に戻ってしまったとたん、おすみは乳房を抱えて泣いた。


峠の頂（いただき）に立つと、七万石の城下町が掌の上に載った。

あたりの森は黄金色に染まっており、見上げれば山々には雪が来ていた。

茶店で一服すると見せて、稲川左近は供を遠ざけた。

「では申し合わせの通りで。よいな」

昨日は湯宿に泊まり、夜っぴいて手筈を練り上げた。

左近の語るところによれば、不貞の妻を成敗し、かつ女敵討をなすは道徳上の義務であるとともに、「公事方御定書（くじがたおさだめがき）」による夫の権利であるそうな。ただし、夫が手を下すには不義密通の現場を押さえることが必要で、はたして「御定書」にそこまで書かれているのか、あるいは通例そうと定められているのかは知らぬが、これは存外難しい話である。正しくは、たまたまそういう現場を見つけたならば斬り捨てても構いなし、というところであろう。

しかし、目付捕方に引っ立てられたとあっては家名を穢すこと甚しく、またそうした事件が表沙汰となるのは誰も好まぬから、できうれば成敗の権利を持つ夫が、その現場を確認して始末をつけてほしいのだ。

「女敵は商人ゆえ、よもや返り討ちの気遣いはないが、男を先に斬るほうがまちがいはない」

堅い口調で左近は言った。茶を啜りながらも、二人は陣笠を冠ったままである。

貞次郎の帰国は誰にも知られてはならなかった。

「くどいようだが、その商人の素性は知らぬのだな」

何度も重ねている疑問を、貞次郎はもういちど口にした。表情から察するに、左近はおそらく知っている。狭い城下で向後の憂いを避けるために、あえてその素性を明かさぬのであろう。

「渡りの商人ということでよいではないか」

城下の商人ならば、店主にせよ番頭手代にせよ、おそらくは知った顔であろう。

つまり左近は、斬り捨てた後もその者の素性は知らぬことにせよ、と暗に言うているのである。吉岡の家を潰さぬかわり、大切な商家も構いなしとする。不貞を働いた男女が、この世から消えてなくなるだけだ、と。

「よくできた妻と思うていた」

貞次郎は独りごつように言った。

「よい妻御だ。わしの妻などに比ぶれば、みめ形も美しいし、舅姑どのにもよく仕えておられた」

「わしのせいか」

「さて。他人のことはようわからぬわ。しかし、家族もおらぬ屋敷に二年も放っておかれたのでは、魔が差すということもあるいはあるのかもしれん」

「だからと言うて、許せる話ではないわい」

貞次郎は胸の中で、妻と添うた年の数を算えた。祝言を挙げたのは貞次郎が二十一で、妻が十六の齢であったから、かれこれ十四年にもなる。

「子ができぬなら、離縁をすればよかったな。今さら詮ないことだが」

「わしとてあきらめたわけではないのだ。国元に帰ったらせいぜい子作りに励もうと思うておった。わしも妻も、まだ子のできぬ齢ではない」

西の山に陽が落ちようとしていた。黄金色の木々は朱の漆をかけたように華やいだ。

「貞次郎やい」

左近は煙管(きせる)の雁首(がんくび)を莨盆(たばこぼん)にがつんと打ちつけて、やおらきつい声で言った。

「やはりわしは、おぬしのせいもあろうと思うぞ」

ひやりとした。おすみと隠し子のことをたしなめられたような気がしたのだ。

「わしのどこに落度がある。言うてみい」

もし左近が秘密を知っているのなら、この場で申し開きをしようと思った。三十の半ばになって跡取りのない武士が、妾を囲って子を挙ぐるのは道理である、と。

「いや、落度はない。ただ、妻御は淋しかったであろうよ」

やはりすべてを承知している口ぶりに思えた。

貞次郎は考えねばならなかった。江戸のことを左近ばかりではなく、妻も知っていたとしたら——不貞は夫に対する命がけの意趣返しだったのではあるまいか。

咽(のど)の渇きを覚えて、貞次郎は茶を一息に飲み干した。左近のまなざしから顔をそむければ、城下は西山の影の中に沈んでいた。

先に帰国した配下のうちの幾人かは、貞次郎の秘密を知っている。万が一火急の変事があった場合、組頭が所在不明というわけにはゆかぬからである。噂話が巡り巡って妻の耳に入ったとしてもふしぎはなかった。

「わしは、女房を斬らねばならぬのか」

今さら見苦しいとは思うても、つい声になってしまった。

「つかぬことを訊くが」

と、左近は情を感じさせぬ冷ややかな顔を向けて言った。

「おぬし、妻御を好いておるか」

それはおのれでもどうかわからなかった。輿入れの当日まで顔を見たためしもなく、新妻とはいうてもほんの子供だった。ともに暮らすうちにようやく大人の女になった妻は、惚れた仲というには程遠い。もし貞次郎に妹というものがあったら、およそそれに近いのではないかという気がする。

妻の夫に対する感情も、おそらく似たものであろうかと思う。

「愚問だな。おぬしの胸に聞けば早かろう」

切り返されて左近は苦笑した。

「わしは江戸で昌平坂の学問所に通うていたころ、惚れたおなごがおったがよ。今も夢に見るわい。叶わぬ夢だ。国元に帰ったとたん、知らぬおなごと祝言を挙げさせられてしもうた。つまるところ、惚れたおなごと夫婦になるのではなく、妻となったおなごに惚れるのがわしらの定めということになる」

「で、惚れたのかよ」

「それはなかなか難しい。長年ともに暮らせばそれなりの情というものは湧くが、いまだ江戸のおなごは夢に現れる」

「おぬしは頭がいい、肚の中で考えていることを、よくもまあうまく言葉にできるものよ。わしが答えあぐねておったところを、すっかり代弁してもろうた。つまり、そういうことだ」

「陽が落つるな」

左近はぽつりと言って山影に沈んだ城下を見おろした。体を休めていたわけでもなく、今夜の首尾を確かめ合うていたわけでもないことを貞次郎は知った。左近は夜の訪いを待っていたのだった。

二人はそれから夜陰に紛れて城下に入り、貞次郎の屋敷から一丁ばかり離れた左近の役宅に向かった。

夫がひそかに立ち戻ったことを、妻と女敵に知られてはならなかった。深夜突然としてわが屋敷に帰り、お定め通りに不義密通の現場を押さえたのち、斬り捨てるのだ。

女敵討の検分は、報(しら)せを受けて駆けつけた御目付役、稲川左近がこれを行う。

もうどうなってもよいと、ちかは思う。

死んでしまえばその先には極楽も地獄もなく、真暗な闇の中で好いた男と自分とが、ひとつの石になる。割れめも裂けめもない、全き岩のかたまり。

そうにちがいないと、あるとき思いついてから、ちかには怖れるものがなくなってしまった。不貞を犯している罪の気持ちが、きれいさっぱりなくなった。きさぶもわかってくれている。こうなったときから、とうに命はかかっているのだから。

死んでもいいときさぶは言った。その一言が体を貫いて、むしろおののく男を抱きしめたのはちかのほうだった。

「ああ、いかん。眠ってしもうた」

闇の中で下帯のありかを探るきさぶの手を、ちかは胸に引き寄せた。肉も脂もない、おなごのような肌に鼻を埋めると、乾いた糠の匂いがした。

糠臭くはございませんかと、初めて抱かれた晩にきさぶは言った。八つの齢からの札差奉公で、蔵の中の匂いが体にしみついてしまったそうだ。その丁稚がやがて手代になり、ようやくお店通いの番頭にまで出世をして、不貞の果ての打首では釣り合うまい、とちかは思う。だが、そう思えばこそ有難い。

きさぶは三十に近いこの齢まで白い飯が食えたのだから、死にざまなどはもうどうでもよいと言う。

「もそっと、こうしていて下され」

きさぶの胸に乱れた鬢を預けて、ちかは囁いた。かれこれ一年も経とうというのに、どう語りかけてよいかわからぬ言葉づかいがもどかしい。武家には武家の言葉があり、町人には町人の言葉がある。武家が町人に向き合うとき、居丈高な物言いをするのはむろんのことである。

身も心もひとつになったのに、囁き合う言葉ばかりが乗り越えたはずの垣根のへりに、いまだ柵(しがら)んでいた。

「ちか様は、わしのことを心底好いて下さっておりますのか」

きさぶも言葉づかいだけが、垣根を乗り越えてはいなかった。せめて「おちか」と呼んでくれれば、自分もいくらかは応じられそうな気がするのだが。

「なにゆえさようなことを」

「わしが百ぺん好いた惚れたと申し上げても、ちか様はそう言ってくれませぬ」

「生まれついて口にしたことのない言葉ゆえ、言おうにも言えぬだけです」

きさぶは褥(しとね)から手を抜き出して、肩を抱き寄せてくれた。

「旦那様にも、好いた惚れたとおっしゃったためしはございませんのか」

ちかは黙って肯いた。たしかにそうした言葉は、聞いたことも言うたこともなかった。

「お武家様は好いた惚れたをおっしゃらぬのでしょうか。それとも、好いた惚れたというお気持ちがなかったのでしょうか」

少し考えてからちかは、「その両方でございましょう」と答えた。とたんにきさぶは力まかせにちかを抱きしめ、唇を吸うてくれた。

すべてが蕩けてしまう。罪も、怖れも、恥も。

そうした気障りの何ひとつなかったはずの夫との夜が、なぜあれほど不毛であったのだろうと、ちかはふしぎに思った。

夫は、飯を食い酒を飲み湯を使い、ちかを抱いた。それが貞節な武家の一日の、最後の務めであるかのように。むろんちかも、それを貞節な武家の女の務めと信じていた。好いた惚れたという言葉も気持ちも、そうした儀式の中には入りこむ隙間がなかったように思う。

「旦那様のことは、口にして下さりますな」

唇を離してきさぶのまなこを見つめ、ちかは小さく叱った。

好いているとは言えぬまでも、夫を嫌うていたわけではなかった。武士として非の打ちどころのない夫は、ちかの誇りであった。

いつまでも子ができなければ、離縁をされても仕方がないのだが、夫はけっしてちかを責めなかった。

輿入れをしてから数年が過ぎたころ、ちかは思いつめて里に帰ろうとしたことがあった。舅と姑に、遠回しの説諭をされたからである。

孫の顔を見ねば死のうにも死にきれぬのだと、舅はちかを火鉢の向こう前に据えて、いかにも思い切ったように言った。謹厳で無口な舅の言葉には、強い意志がこめられていた。

姑も言った。いかによくできた嫁であろうと、吉岡の血を絶やすわけには参りませぬ。しばらく宿下がりをして、滋養に相努めなされ、と。

冷たさを感じたならば、里に帰る気などむしろ起きなかったかもしれぬ。だが嫁としてのちかを、わが子のごとく可愛がってくれていた舅姑の表情は、苦渋に満ちていたのだった。

ちかは下城した夫に、三つ指をついて暇乞いをした。かくかくしかじかと訴えたわけではなかった。

しかし、暇乞いを聞いたとたん、夫の顔色は怒りで上気した。

おまえの決心ではあるまい、と言下に断じた夫は、ちかの腕を摑んで父母の居室に引いて行った。そのとき舅姑に向かって夫が言うてくれた言葉の逐一が、ちかは忘られぬ。

父上母上に申し上げます。ちかは吉岡の嫁である前に、貞次郎が妻にございます。その夫の頭ごしにとやかく物をおっしゃられるは、いささか心外に存じまする。いずれ離縁ならば早いうちのほうが、ちかの身のためにもなろうというお心遣いはありがたく存じつかまつりまするが、ちかは犬猫ではござりませぬ。勝手に拾うて勝手に捨つるなど、よしんばいかな大罪を犯したにせよ、人の道にははずれましょう。いわんや子を作せぬは天の配剤にして、ちかの罪ではござりませぬ。それを罪と申されるのであれば、夫たる貞次郎も同罪にござります。勘当してともにこの屋敷から放逐なされませ。

そのときの夫の激昂ぶりを思い起こせば、さすがにちかの胸は痛んだ。子はできなかった。舅も姑も、そのことばかりを気がかりとして死んだ。子の作せぬは天の配剤であるとしても、不孝が罪であることはたしかだった。

その罪を雪ごうという思いで、ちかは夫を求め続けた。しかしやはり子はできなかった。

「せつのうございますか、ちか様」

きさぶの糠臭い指が、ちかの瞼を拭う。こうしていると淋しさからは免れるが、せつなさが募って涙になった。

広い屋敷にはまだ幼さの抜け切らぬ女中と、門長屋に住まう老僕がいるきりである。どちらも話し相手にすらならぬ使用人だった。

ほんとうはこの淋しさに負けたのかもしれぬと、ちかは思う。

急な江戸勤番のお役目は、せいぜい三月か四月、長くとも半年という当初の話であった。その半年が過ぎたあたりから、夫の便りも途絶えてしまった。筆まめな夫が近況を報せてこなくなった理由は、先に帰国した組付の妻の注進で知った。

藩邸から程近い町場に家を借り、夫は妾を囲っていた。

思いもよらず長いお勤めとなりましたゆえ、それも仕方ありますまい。どうか他言なさりませぬよう、とちかは平常を装って口封じをした。むろん内心は穏やかではなかった。その日から、屋敷がいっそう広く、虚ろに感じられた。

やがて、別の組付の妻が注進に及んだ。

配下の徒士侍が組頭たる夫と強い絆で結ばれているのと同様に、その妻たちはちかを敬い、ときには阿った。ここだけの話ではございますが、ちか様――という注進をもたらしたのは、一人や二人ではなかった。

妾が男子を産んだ。その噂を耳にしたときばかりはうろたえた。組頭の妻としての威厳を、保つことすらできなかったと思う。どういう顔で、どう受け応えをしたのかも記憶にない。

その日からは、屋敷が洞(ほら)のように広く虚しく感じられた。

妾の素性までは知らぬ。知らぬゆえに怖ろしかった。いずれ夫は、そのおなごと子供を国元に連れ帰るやもしれなかった。城下に妾宅を営むか、あるいはこの屋敷に住まわせるか。

子を作すための蓄妾は黙認される。吉岡の家の事情を察すれば、已(や)むをえぬとおそらく誰もが思う。もしそうとなれば、すべての事実を受け容れて賢婦と崇められる自信が、ちかにはなかった。夫がどう宥(なだ)めようと、里に戻るほかはあるまい。

もうひとつ考えられることがあった。夫はこのまま、江戸定府(じょうふ)を願い出るのではなかろうか。上司がそれぞれの立場を勘案すれば、最も波風の立たぬ方法にはちがいないから、要望は聞き届けられるやもしれぬ。自分は妻のまま、国元に捨て置かれる。

もしや夫は、いつまでたっても帰れぬのではなく、あえて帰ろうとしていないのではなかろうか、とも思った。三月か四月のはずのお役目が二年半にも延びた理由としては、そう考えるほうが自然である。

障りのない近況だけを認めた手紙を、ちかはいくども書いた。夫からの正直な告白と、先行きについてを知りたかった。だが、梨のつぶてであった。

実直な夫は、たぶん申し開きができぬのであろう。障りのない手紙が夫の良心を苛んでいるやもしれぬと思って、ちかは筆を執ることもやめた。

暗く広い屋敷には、針の筵が敷き詰められてしまった。

そんな折に、きさぶが現れたのだった。

御禄米を銭金に替える札差とのやりとりは、夫が江戸勤番についてからはちかの務めになった。ここぞとばかりに利を計ろうとする番頭手代の中で、きさぶだけは誠心ちかの味方になってくれた。

ちか様。わしは死んでもようございます。

その一言が商人の冗談ではないと知ったとたん、ちかの体を縛めていた紐は解け落ちた。

「もそっと、こうしていて下され」

うまく言い表わせぬ言葉をようよう声にして、ちかはもういちど囁いた。

どうなってもよい。

むろん、死んでしまっても。

この人と石になる。割れめも裂けめもない、全き岩のかたまりに。


夜も更けて子の刻を過ぎたと思われるころ、稲川家の内庭に老僕と幼い女中がやってきた。

「主のおぬしから労うてやらねば、この者たちは後生が悪かろう」

左近の気配りのよさに、貞次郎は感謝せねばならなかった。

老僕も女中も、主に味方したのか裏切ったのかわからぬ様子で、縁先に膝を揃えたまま震えていた。

「ご苦労であった。向後も従前通り仕えよ」

雨戸を一枚だけ開けた廊下に出て、貞次郎は二人に声をかけた。

月に照らされた左近の顔が、「それだけか」とでも言いたげに貞次郎を睨んだ。老僕は父の代からの忠義者であるし、女中は年端もゆかぬ。ましてやこの二年半、妻の独り身を支えてくれた者どもであると思えば、何と言うてよいやらわからなかった。

左近は踏石に裸足を置いて腰をおろした。言葉のつながらぬ貞次郎にかわって、噛んで含めるような説諭をしてくれた。

「二人とも、わしの話をよう聞け。おぬしらもかねて存じおる通り、吉岡の妻御どのは許されざる大罪を犯してしまわれた。ことが公となり、お縄を頂戴するような仕儀に至れば、吉岡家はお取り潰しということにもなりかねぬ。だから、おぬしらがわしの意をよく受け、目付役のお勤めに加担してくれたことは、ゆめゆめ主を売ったわけではのうて、主家を思うがゆえの忠義じゃ。おぬしらもさぞつらかろうが、これなる吉岡どののつらさとは比ぶるべくもないのだぞ。吉岡どのはこれより、おのれが屋敷に打ち込んで、妻御どのとその相方の男を斬り捨てねばならぬ。すべては、吉岡の家を永らえるための、万已むをえぬ始末である。わかったな」

かたじけない、と貞次郎は小声で詫びた。

「ところで、不貞の輩どもは今も屋敷のうちにおるのだな」

左近の問いに、老僕は平伏したまま体じゅうで肯いた。

「奥居にて、ひとつ床に入っとります」

「まちがいないか」

「ぼちぼち男は帰っちまうころでござんすが」

左近は立ち上がって、二人の前に二分金を投げた。

「ようやった。吉岡の家はこの稲川がけっして滅さぬ。おぬしらも従前通り奉公せよ」

貞次郎は奥座敷に戻って袴の股立(ももだ)ちを取り、刀の下緒(さげお)をほどいて襷(たすき)にかけた。着物は旅装束のままである。夜旅をかけて屋敷に帰りついたとたん、不義密通の現場を、たまたま目撃してしまったのだ。

「わしも門前まで同行する」

「その要はない。妻と女敵を成敗したのち、戻って参る」

「いや。もし女敵が抗(あらが)うようであればわしが加勢する。逃がすようなことがあってもならぬしな」

　そうではなかろうと、貞次郎は睨み返した。

「信じろというほうが無理であろうよ。たとえ不貞を働いた女房でも、情において斬ることは難しいはずだ」

「わしがためらうならば、おぬしが成敗をするというわけか」

「あるいは、そうなるやもしれぬ」

「それも御目付役の領分か」

「ちがう」と、左近は厳しい声で言った。

「吉岡の家は滅さぬと、わしはあの者どもに約束した。武士に二言はない」

　それも嘘であろうと、貞次郎は思った。むろん目付の領分などでもあるまい。ひたすら友の立場と、父祖が交誼をつくしてきた同輩の家を守ろうとしているのだ。嫌なやつだと毛嫌いし続けてきたが、やはりこの侍を重用した御殿様は炯眼（けいがん）にあらせられる。

「勝手にせい」

思うところが言葉にならず、貞次郎は刀の目釘を確かめながら座敷を出た。


不穏な軋(きし)みが廊下を近付いてくる。

それが使用人の足音ではなく、物盗りでもないことはわかった。たとえどれほど忍んでこようと、夫の帰る気配が伝わらぬようでは、武家の妻は務まらぬ。

こわばってしまった男の胸に、ちかは乳房ごとのしかかった。

「死んでくやれ」

きさぶはちかの体を押し返そうとしたが、もういちど「死んでくやれ」と言うと、両手を腰に回して抱き寄せてくれた。

奥居の闇に、のそりと人の立つ気配がした。夫にちがいない人影は、しばらくこちらを見おろしていた。

「ただいま、帰った」

低く虚ろな声で、しかし下城したときと同じことを夫は言った。それから、欅をかけた肩をすぼませて、柱にもたれてしまった。

この静けさは思うてもいなかった。夫は怒りにかられて問答無用に、ちかときさぶを斬り捨てるはずだった。ちかの乳房の下で、きさぶの胸が轟いていた。

「どうぞ、ご存分に」

顔をなかば振り向けて、ちかは夫の怒りを急かした。刀の鯉口を切る音がし、鞘がかたりと鳴った。しかしそれなり、夫の動く気配はなくなった。

ちかの脳裏にまったく思いがけなく、夫と過ごした歳月が映し出された。人はその死に際に臨んで、生涯をありありと甦らせるというが、つまるところおのれの人生の多くは夫とともにあったのだと、ちかは思った。

夫という名の兄であった。強く、やさしく、不器用だが何ごとに臨んでも丹念な、大好きな兄であった。

「ちか」

と、夫は力ない声で名を呼んだ。

「はい」

「わしを責むることがあれば、言うてほしい。無念をあの世に持って行かせたくはない」

それは言うまい。妾を囲い子を作したのは、責むるほどの罪ではないのだから。おのれのうちなる女の本性が、ただ牙を剝いて憎んでいるだけなのだから。なぜなら、夫がちかにとって夫という名の兄であったように、夫にとってのちかは、妻という名の妹であったにちがいないのだ。きっと、大好きな妹だった。

夫の脳裏には、十六の齢からともに育った、褥も湯もともに使うたほどの仲のよい妹の姿が、ありありと巡っているはずであった。

「ちか」

「はい」

「おまえはその男を好いておるか」

ためらうことなく、ちかは「はい」と答えた。

「わしへの意趣返しではないのか。あるいは無聊を慰め、淋しさを紛らわすための、いっときの迷いごとではないのか」

「けっしてそのようなことはございませぬ」

きっぱりとそう答えれば、たちまち刃が襲うと思っていたのだが、ちかの覚悟に反して夫はいっそう力を落としてしまったように見えた。

「そうか。ならばよい」

夫は座敷を踏みしめて褥のかたわらに立った。

「しからば女敵に訊ぬる。おぬしはちかを好いておるのか」

胸を早鐘のように轟かせながら、それでもきさぶは裏返った声で答えてくれた。

「はい。ゆめゆめ迷いごとではございませぬ。どうぞご存分に」

きさぶの顔は知っているはずだが、夫は驚く様子を見せなかった。

「起きよ。抱き合う姿を見とうはない」

夫はくるりと背を向けてしまった。ちかはきさぶを蒲団にくるんで引き起こし、寝巻に袖を通して座った。首を打たれるのだろうと思った。

しかし夫は、いきなり思いがけぬことを言った。

「ちか」

「はい」

「やはりおまえを斬ることはできぬ。おまえの好いた男も斬れぬ。夜の明けぬうちに去ね。屋敷にある金はすべて持って出よ。これも持ってゆけ」

夫は懐から巾着を抜き出して、どさりと畳の上に投げた。

「それではおまえ様のお立場が――」

大きな影の首だけを俯(うつむ)けて、夫は声を絞った。

「わしはおまえを追い出すのではないぞ。この屋敷に、後添えなど迎え入れるつもりもない。吉岡の家は、わしを限りに絶えればよい。どう考えようと、人の命より家の命のほうが重かろうはずはあるまい」

　そのとき、廊下でまた軋りが聞こえた。柱から覗いた顔が座敷の闇を窺(うかが)い、歯切れのよい、いかにも賢(さか)しげな声がこう言った。

「徒士組頭吉岡貞次郎の姦婦(かんぷ)成敗(せいばい)、ならびに行商人なる女敵討ち果たしたるところ、目付役稲川左近がたしかに検分いたした。吉岡は追って沙汰あるまで当屋敷内にて謹慎申し付くる。みごとであった」


　峠の頂に立って、おすみは赤ん坊の掌に小さな城下町を載せた。

　自分の掌にも載ったのだから、きっと千太の掌にも載るだろうと思って試してみると、御城も御天守も、屋敷町も寺も神社も、みな細工物のようにひょこたんと載ってしまった。

「いいかい、千太。こんなちっぽけな城下町じゃあ、江戸育ちのおっかさんは息が詰まっちまう。おまえをおっぽらかしてとっとと江戸に帰るけど、恨みごとは言いっこなしだよ。お屋敷にはおとっつぁんもいるし、きっとやさしいおっかさんもいなさる。いつもみたいににこにこ笑って、せいぜい可愛がってもらうんだよ」

千太の笑顔にひとひらの雪が舞い落ちて、おすみはたそがれの冬空を仰いだ。山々は真白な衣にくるまれており、夕映えを押しやって鈍色（にびいろ）の雪雲が迫ってきていた。

女手ひとつの子育てに音を上げたわけではなかった。むろん跡取りのない侍の願いを聞き入れたからでもない。

ふた月の間に考え詰めたことは、千太の幸せだった。母を知らぬ自分は、母と暮らすことが一番の幸せだと思っていたのだが、男の千太にそれを強いるのは、てめえのわがままだと気付いた。

深川の長屋に引越して、千太をおぶったまま飯場の賄（まかな）いに精を出した。食っていくだけでかつかつだった。それこそ鯔背な職人でも現れぬ限り、千太は読み書きすら覚えずに、着のみ着のままで大きくなるほかはない。はやり病にでもかかれば、たぶんいちころだ。

ねえ千太。おまえ、どっちがいい。

日ましに冷えこんでゆく長屋で、おすみは物言えぬ千太に問い続けた。もし他人に訊こうものなら、百人が百人こう答えるにちがいなかった。

そりゃあ、百八十石取りのお侍のほうがいいに決まってらあ。てめえのわがままを通したら、いずれ子供に恨まれるぜ。

北国の城下町が雪に埋もれる前に、千太を連れてゆこうとおすみは思った。奥方様には会いたくない。門番に千太を預けて、逃げてしまえばいい。

「おっかさんの勘は百発百中だ。奥方様はおっかさんと比べものにならないくらいのべっぴんで、おつむもよくってやさしいお方さ。きっとおまえを、おっかさんよりも可愛がってくれるよ」

あたしのおっかさんは、捨てた赤ん坊のことをいつまで覚えていたのだろうと、おすみは思った。きっと、捨てたとたんに忘れてしまった。忘れたいから捨てたのだ。

「でも、おっかさんはおまえを忘れない。捨てるんじゃないんだから。おい、千太。聞いてんのか。金輪際の親子の別れのときぐらい、泣いたらどうだね」

峠道を下り始めると、雪がさあと音を立てておすみを追ってきた。

この先はおぶわずに抱いてゆこう。千太のぬくもりをこの手で覚えておきたい。

抱き歩きに慣れていないせいか、顔に降りかかる雪が冷たいのか、峠道の下りで千太がふいに泣き始めた。

捨てないで、と泣いているように聞こえた。そう思ったとたん悲しみがいっぺんに噴き上がって、おすみは声を合わせて泣き始めた。

峠を降り切って城下に入る番所にたどり着くまで、おすみと千太はわあわあと泣きながら歩いた。

日の昏(く)れた番所には篝(かがり)が焚かれ、何人かのやさしげな役人がいた。きつい詮議をする様子はなかった。

「御組頭の吉岡貞次郎さんに、この子を届けにきたんです」

べそをかきながらおすみは言った。すると、どうしたわけか番所の中がてんやわんやの大騒ぎになった。何か困ったことになるのではなかろうかと、おすみは身を固くした。

「おぬし、もしや江戸の赤坂新町におられたか」

奥から出てきた初老の番士が、まるで敵(かたき)にでも出(で)くわしたかのような大声で訊ねた。

「やはりさようか。御組頭様はどれほど喜ばれるかわからぬぞ。拙者がお屋敷までお送りいたそう」

子を抱き取ろうとする侍の手を遁(のが)れて、おすみは懇願した。

「御門前まで、抱かせて下さんし」

その先は提灯を提(さ)げた三人の侍が、おすみと千太に付き添った。

雪は屋敷町の小路を真白に被(おお)っていた。御門前に着いたならこの雪道を駆け戻って、さて今夜はどうしたものかと、おすみは初めてとまどった。

涙はすっかり乾いてしまった。千太は泣き疲れて眠ってしまった。

どうしてだろう。勘が働かない。この先はたぶんこうなるというおすみの勘はいつも百発百中で、何の取柄もないのに生きてくることができたのは、そのおかげだった。

悪い話はいつだって上手によけてきた。いいことは——勘働きがするほどなかったけれど。

今夜の宿どころか、すぐ目先のことが何もわからない。

「お名前を伺うてもよろしゅうござりまするか」

妙にていねいな口調で役人は訊ねた。

「おすみ、です。この子は、千太——千太郎です」

大きな長屋門はとざされていた。役人は提灯を高くかざし、雪空に向かって大声を上げげた。

「夜分お騒がせいたし申す。江戸表より、ご当家にお客人でござりまする。吉岡すみ様、吉岡千太郎様、ただいまご着到になられました。お出合いめされよ」

振り返れば、駆け戻るはずの小路には粉雪の帳が立てられていた。まるで、おすみの帰り道を阻むかのように。

何もわからない。この先どうなるかが。

おすみは痺れた片腕を背に回して、荷物のありかを確かめた。あやうく忘れちまうところだった。荷の中には、夜っぴいて仕立て直した袷が入っていた。奥方様には申しわけないが、あの人に袖を通してもらいたい。道中の旅籠で、ようやっと縫い上がったのだから。

とざされた門の向こうから、下駄の歯音が近付いてくる。

いっこうに勘は働かないけれど、とりあえずこれだけはと思い定めて、おすみは雪空を仰ぎながら、にっと笑顔を繕った。

＊

たしかに昨今、「貞」は死語と化した。むろん、「不貞」も同じである。

もっともその語源は「神意にかなうほどの真実」であるのだから、狭義でいうところの「男女の貞操」にこだわるべきではあるまい。だとすると、この一字の喪失はもっと重大なことであるのかもしれぬ。

作中のちか女はたしかに狭義でいうところの不貞を働いたが、「貞」の語源からすると実は貞女であったともいえる。夫の貞次郎についてもまた然りである。

人間はそもそも神の造物であるのだから、つまるところ人為の法律や道徳を超越して、本能の命ずるままに人間らしく生きることこそが、神意にかなう真実、すなわち「貞」なのではあるまいか。

厚い卒業生名簿を閉じて、しばらく考えた。幸い私は物事をけっして悲観的には捉えぬ得な性分である。

戦後世代の名前から「貞」の一字が消えたのは、その文字の意味が狭義の呪縛を解かれて人々に正しく理解されたからなのではなかろうかと思った。すなわち、自由に人間らしく生きることに人々が目覚めたから、それをあえて示唆する「貞」の文字も必要とされなくなった、という考えはどうであろう。

物語に書きおおせなかった行末を、私は勝手に想像する。

すみ女はこのさき苦労をするにちがいないが、あの気性ならば何とかなるであろう。笑顔のいい女は必ず幸福になる。

奥州財部藩なる架空の国が、やがて来たるべき明治維新にどういう運命をたどったのかはわからぬけれど、時の執政稲川左近に任せておけば、まず悪いことにはなるまい。

ちか女ときさぶのその後は考えるだに不粋という気がする。だがおそらく、ちか女はどこかで愛する人の子を産んだ。

なぜなら、語源に従えば彼女こそ神意にかなう真実を体現した、貞女だからである。自然に、人間らしく生きる道を歩み出したちか女が人の母となるのは、けだし当然であろう。

兄のような夫であった貞次郎は、おそらく別れに臨んでは万感の思いをこめて、「ちか、子を産めよ」と言ったはずである。

物語の紙数が尽きたとき、私はたしかにその声を聞いた。

夫婦茶碗（めおとぢゃわん）

宇江佐真理

宇江佐真理（うえざ・まり）

一九四九年北海道生まれ。九五年に「幻の声」でオール讀物新人賞、二〇〇〇年に『深川恋物語』で吉川英治文学新人賞、〇一年に『余寒の雪』で中山義秀文学賞を受賞。一五年逝去。著書に『雷桜』『斬られ権佐』『憂き世店』『為吉　北町奉行所ものがたり』『うめ婆行状記』『深尾くれない』『おはぐろとんぼ』『富子すきすき』『お柳、一途』『恋いちもんめ』、「髪結い伊三次捕物余話」「泣きの銀次」シリーズなど。

一

日本橋堀留町は、その名の通り、日本橋川から流れる堀が途中で堰き止められている場所である。

近くには魚河岸や米河岸もあるので、舟運のための舟が澱んだ堀に何艘も舫われていた。

堀留町の北側の通りは常盤橋御門から両国広小路へと続く目抜き通りで、様々な商売の問屋が軒を連ね、江戸の問屋街を形成している。日中は往来する人々が引きも切らない。

それに比べて堀留町の通りは道を一本隔てているだけなのに、どことなくひっそりとしていた。その堀留町の一郭に会所があり、十年ほど前から夫婦者が管理人として住んでいた。

江戸の町内には、町役人が詰める会所と呼ばれる建物があり、町役人は町内の住人を集めて奉行所などからの「町触」を伝達したり、人別（戸籍）、道中手形など、住民が届ける書類を作成したりしていた。また、町内で訴訟が起きれば、話し合いの場として使われ、火事の時は、町火消し連中の待機場所ともなった。被災した人々に炊き出しのにぎりめしを配るのも会所の役目であることが多い。

会所は名主の役宅を兼ねる場合が多かったが、その会所に住む夫婦は、名主ではなかった。

又兵衛は以前、深川の蛤町に住んでいた。そこには長男夫婦と孫達が今も住んでいる。蛤町は又兵衛が仕事をする上で大層便利な場所であった。又兵衛は材木の仲買人を生業にしていた男である。しかし、長男の利兵衛に商売を譲って隠居すると、又兵衛は連れ合いのおいせとともに蛤町を出て、堀留町にやってきた。そのまま長男夫婦と一緒に住み続けていたら、親子関係が怪しくなりそうな気がした。いや、早い話、又兵衛は様々なしがらみから離れて、知らない町でのんびり余生を送りたかったのだ。

堀留町の会所に住む話は幼なじみの孫右衛門が持ってきた。孫右衛門の実家も深川の蛤町にあった。又兵衛とでは手習所も一緒に通った仲だ。孫右衛門は青物屋の次男だった。十二歳の時に大伝馬町の酢・醬油問屋「恵比寿屋」に奉公に出ている。どんなに仲がよくても離れて暮らす内に、つき合いは途絶えるものだが、二人の場合は違った。孫右衛門は藪入りで実家に戻った時、必ず又兵衛の家に顔を出した。また、又兵衛も所用で日本橋に出かけると恵比寿屋に顔を出し、醬油などを買い求めて深川に帰るのがもっぱらだった。親の葬儀には、お互い何を差し置いても駆けつけた。

又兵衛にとって、本当に友人と呼べるのは、この孫右衛門ぐらいだったし、孫右衛門も又兵衛のことをそう思っていたはずだ。

一番番頭だった孫右衛門は恵比寿屋を退いた後、町内の世話役に勧められて大伝馬町の裏店の大家となっていた。家主の大家ではなく、店賃の徴収や店子達の世話を焼く管理人としての大家だった。差配とも言う。孫右衛門の住まいも裏店の近くの仕舞屋である。

蛤町の家を出て、日本橋の近くに住みたいと又兵衛が孫右衛門に相談すると、孫右衛門は難色を示した。蛤町の家に匹敵するような住まいに心当たりがなかったからだ。

「いや、孫さん。おれとおいせの二人暮らしだから、さほど大きな家はいらないよ。裏店でもいいんだよ」

又兵衛がそう言うと、まさか裏店という訳には行かないと、孫右衛門は苦笑した。あんたはよくても、おいせさんが可哀想だという。

おいせの父親は生前米沢町で町医者をしており、医業も繁昌していたので、又兵衛の家よりはるかに大きく、瀟洒だった。広い庭には築山、泉水を設え、年代物の松の樹の根方は緑の苔で覆われ、何んとも風情があった。庭の隅に建てられていた白壁の土蔵には医業に使う器具やびいどろの薬の瓶がびっしりと納められていた。患者の診療を行なう部屋と母屋は渡り廊下で繋がっていた。母屋は住み込みの弟子達の部屋、女中部屋も含めると二十はあったのではないだろうか。そんな家に生まれた娘がまさか裏店住まいもできまいと孫右衛門は思っていた。

だが、又兵衛より五つ年下のおいせは「孫右衛門さん、あたし、本当に裏店でもいいのよ。これからは女中を置くつもりもないので、あたし一人で家の中のことをしなきゃならないの。大きな家なんてお掃除が大変だからごめんですよ」と、屈託なく言うのだった。

目尻に皺が刻まれ、髪もすっかり白くなったが、大きな二重瞼の眼はきらきらと光っているし、形のよい鼻の下の唇は桜色をして、大層可愛らしい。ただひとつ難を言えば、がらがらしたその声だろう。その声のために先の亭主に疎まれたのだろうかと孫右衛門は思うこともあったが、それを口にしたことはなかった。又兵衛とおいせはお互い再婚同士だった。いや、又兵衛とおいせは、いとこの間柄でもあった。又兵衛の母親とおいせの父親はきょうだいだったのだ。

孫右衛門は、ちょうどその頃、堀留町の町名主から会所を引き受けてくれる適当な人物がいないだろうかと打診されていた。会所の中のひと部屋に寝泊まりすれば家賃は掛からない。いや、それどころか、年に二両二分ほどの給金が出る。毎日の仕事は、いつ何刻、誰が訪れても見苦しくないように掃除をすることぐらいで、町役人も用事のある時以外は滅多に訪れないという。孫右衛門は裏店より何んぼかましだろうという感じで又兵衛にその話を勧めた。

江戸は南北両奉行所が取り締まりに当たっていたが、行政の実際は樽屋、奈良屋、喜多村の三氏の町年寄に任されていた。町年寄はその下に家持、名主、家主、自身番を置き、町奉行の意を受けて行政を執った。これらの人々を町役人と言い、奉行所の町方役人とは区別している。

本来、町名主の役宅を兼ねていた会所だが、江戸には町名主が二百六十三人もいた。

享保七（一七二二）年、時の南町奉行大岡越前守は町費節約の名目で名主が病や老齢のために引退した場合、隣接の町の名主がその支配を引き受けるよう命じたが、名主連中は、それでは身分が不安定になると異を唱え、申し合わせて、一番から十七番までの組合を立ち上げた。後に組合は二十一番まで増えた。

また、名主の中にも格付けがあって、神君徳川家康公とともに江戸入りして名主となった「草分け名主」、草分け名主に次ぎ、古くから江戸にいた「古町名主」、代官支配から町奉行支配に移された新町（町並地）の「平名主」、そして寺社門前の「門前名主」などがあった。

組合を作ることで名主の身分は安定したが、時代の流れとともに、名主の役宅と会所が別になる場合も出てきた。又兵衛とおいせが管理する会所もその例であり、近藤平左という平名主が責任者だった。平左は滅多に会所を訪れなかった。平左が会所を他の名主に譲ろうとしなかった理由は名主としての見栄と保身のためであるらしかった。

孫右衛門は、又兵衛が返事をする前に、平左に又兵衛のことを伝えた。元は深川の材木仲買人で、屋号は「伊豆屋」。仲間内で「伊豆又」と呼ばれた辣腕の商人で、商売を息子に譲り、余生を送るために日本橋界隈に住まいを探しているのだと。

それは好都合と、平左はさほど躊躇することなく肯いたという。内心では、誰でもよかったのではないかと、又兵衛はこの頃思うようになった。

又兵衛は、その話を断るつもりでいた。自分は、材木のことはわかるが、町役人の仕事には疎い。これからのんびりと暮らそうと思っていたところに、そんな責任の重い仕事を押しつけられても困る。熱心に勧める孫右衛門に又兵衛は渋い顔をするばかりだった。

「そんな難しい仕事じゃないと思うよ」

おいせがたまりかねて口を挟んだ。

「おなごは黙っとれ」

又兵衛は声を荒らげた。だが、それに怯むおいせではなかった。というより、貫禄はあるが、実は又兵衛が小心者であるということを、おいせはすっかり呑み込んでいた。

「ご近所に何かあれば、今までだってお前さんは人より早く駆けつけていたじゃないの。夫婦喧嘩の仲裁も一度や二度じゃなかった。蛤町も堀留町も人の気持ちは同じですよ。その町にお世話になるのなら、お引き受けするのが人のため、世のためよ」

「いいこと言うねえ、おいせさん」

孫右衛門は感心して肯いた。六尺（約一八〇センチ）近い大男の又兵衛に対し、孫右衛門は小柄で痩せた男である。昔はでこぼこ組と、おいせはからかったものである。おいせは子供の頃から孫右衛門を知っていた。又兵衛の家に遊びに行って、孫右衛門と顔を合わせる機会も多かったのだ。

孫右衛門の強い勧めに又兵衛はようやく折れたが、会所の管理人となった自分にこの先、どんなことが待ち構えているのかと考えると、何やら恐ろしいような気持ちになったものだ。

だが、おいせは楽しそうに引っ越し準備を始めていた。その様子は又兵衛と対照的だった。

この十年は何んとか滞(とどこお)りなく仕事を全(まっと)うできたと思う。その間に火事も何件か起きたし、町内から下手人(げしゅにん)も出た。その度(たび)に又兵衛は大きな身体を揺さぶって町内を駆けずり回ったのである。町内の人々は「会所の又兵衛さん」と呼んで、今では大いに頼りにしていた。

二

又兵衛が蛤町の家を出たのはおいせのためもあった。

又兵衛は三度も女房を換(か)えた男で、おいせは四番目ということになる。最初の女房は又兵衛の母親と折り合いが悪かった。母親は気が強く、家の中をきっちりしなければ気が済まない女だった。又兵衛の女房が気が利(き)かないと、しょっちゅう言っていた。女房は女房で、姑(しゅうとめ)が意地悪だと又兵衛に縋(すが)りついて泣いた。又兵衛は若気の至りもあって、母親に従わない嫁なら離縁するしかないと考え、しかるべき物を持たせて去り状を出したのだ。

長男の利兵衛は最初の女房の子供である。

又兵衛の母親は男やもめになった又兵衛と初孫のために知人のつてを頼って二番目の女房を探してきた。ところが、その女房は母親に輪を掛けたような気の強い女で、自分は後添えでも又兵衛の女房になったのだから、おっ姑さんはいらぬ差し出口は挟まないでほしいと、又兵衛の母親を隠居部屋に押し込め、日中は茶の間に顔を出すことにもいい顔をしなかった。

あれは長男の利兵衛が木場で足の骨を折る怪我をした時のことだった。利兵衛が戸板で運ばれてくると、家の中はてんやわんやになった。女中に骨接ぎ医者を呼びに行かせ、使っている男衆と利兵衛を寝間に運んだ時、ちょうど晩めしの時分だったので、又兵衛の母親が隠居部屋から出てきて、ごはんはまだかえ、と言った。

それを聞いた二番目の女房は、こんな時、とんでもないことを言い出す婆ァだ、孫の怪我より、手前ェのめしのほうが大事なのかと怒鳴った。心配して駆けつけてきた又兵衛の姉に二番目の女房は「義姉さん、こんな姑は家に置けないから、義姉さんの所へ引き取ってくれ」と、憎々しげに吐き捨てた。それには周りにいた誰もが呆れた。

この女も離縁するよりほかはないと、利兵衛の怪我が回復した頃に去り状を渡した。二番目の女房はどうして自分が離縁されるのか理解できないらしく、家中に響く大声で又兵衛を詰ったが、又兵衛は口を利く気も失せていた。

三番目の女房は又兵衛の姉の知り合いだった。親が貧乏だったので、それなりに我慢強く、又兵衛の母親の話も親身に聞き、表向きはよい女房だった。今度こそ、うまくやれると又兵衛は確信した。三番目の女房との間に次男と長女が生まれた。だが、三番目の女房は自分の子と最初の女房との間に生まれた利兵衛を分け隔てするようになった。ちょうど反抗期を迎えた利兵衛が扱い難くなっていたのはわかるが、三度のめしのお菜にまで差をつけた。おまけにお仕置きと称して食事を与えないこともあったらしい。又兵衛は仕事が忙しく、しばらくそのことに気がつかなかった。

だが、ある夜、寄合で遅くなった又兵衛が勝手口から家に入ると、暗闇の中に人の気配がした。こそ泥が忍び込んだのかと最初は思ったが、そうではなかった。利兵衛がお櫃の冷やめしを貪っていたのだ。

どうしてそんなことをするのか、との問いに利兵衛はぽろぽろ涙をこぼした。利兵衛は、腹違いとはいえ、弟と妹を可愛がっていた。何をしても悪いのは自分で、悪さをしたからおっ母さんはおいらのめしを抜いたと言った。だけど、腹が減ってやり切れなかった。お父っつぁん、後生だ、見なかったことにしてくれと涙ながらに言った。

たまらなかった。自分は女房とうまくやれない質の男なのだと思った。利兵衛は又兵衛の跡取り息子である。その様子では、今に三番目の女房は利兵衛をどこぞに奉公へ出し、次男を跡取りに据えるのではないかという気がした。

利兵衛が夜中に冷やめしを盗み喰いしていたことは内緒にしていたが、又兵衛が予想した通り、三番目の女房は「りっちゃんを育てるのは、あたしの手に余りますよ。お前さん、りっちゃんをよそに奉公に出して、そこの旦那に鍛え直していただきましょうよ。他人の家のごはんを食べれば、少しは性根が変わると思いますけどねえ」と言った。

「手前ェの家のめしも満足に喰えないのに、他人のめしとは畏れ入る」

又兵衛は皮肉を言った。

「あら、おかしなことをおっしゃる。まるであたしがりっちゃんに何も食べさせていないみたいじゃないですか」

「違うのかい」

そう言うと、三番目の女房の顔に朱が差した。

「りっちゃんが何も食べていないと言ったのね。そりゃあ、お仕置きでごはん抜きのことは一度や二度ありましたけど」

「何がお仕置きだ。利兵衛が何をした」

怒気を孕んだ声で訊くと、ここぞとばかり三番目の女房は箸の持ち方がなっていないだの、手習所の帰りに木戸番の店で買い喰いするだの、しょっちゅう洟を垂らして汚らしいだのと、利兵衛の悪口を並べ立てた。

「去ね、お前のような女は去ね！」

又兵衛は大声を上げた。

「やはり、お前さんはそういう人ね。女房を二人も換えた男は定まらないと、うちのお父っつぁんもおっ母さんも言っていたけど、その通りだった。ええ、お望み通り、この家を出て行きますよ。でも、子供は置いて行きますよ。実家は孫を育てられるほど裕福じゃありませんからね」

その時、長女のおかつはまだ乳飲み子で、次男の清兵衛は五つだった。おまけに言うことを聞かない利兵衛がいる。三番目の女房はその内に又兵衛が詫びを入れてくるものと考えていたらしい。

又兵衛にその気はなかった。いや、その時、又兵衛は、もう女房は持つまいと、固く決心していたのだ。

女中がいるとはいえ、三人の子供の世話は大変だった。もの忘れが多くなった母親を叱咤激励して世話をさせていたが、又兵衛は疲労困憊していた。あとどれほど辛抱すれば子供に手が掛からなくなるのか。又兵衛はいつもそのことばかり考えていた。

そんな時においせが蛤町の家を訪ねてきた。

表向きは又兵衛の母親のご機嫌伺いのようだったが、三番目の女房とも別れた又兵衛を心配していたのかも知れない。

仕事から戻ると、又兵衛の母親の部屋から賑やかな声が聞こえた。顔を出すと、おいせが満面の笑みで「又兵衛さん、ごきげんよう。どう？　お忙しい？」と訊いた。久しぶりに見るおいせはひと回り痩せたように感じられた。

「おいせちゃんはねえ、ご亭主と別れたそうなんだよ」

又兵衛の母親は気の毒そうに言った。

「そりゃまた、どうして。うまく行っていたんじゃなかったのかい」

「うちの人、女ができたの。それであたしが邪魔になったのよ。相手は小間物屋の後家だった。とんでもない醜女なの。だけど床上手で、離れられないんだって。畜生、助平！」

笑いながら話をしていたおいせだったが、仕舞いには腰を折って咽び泣いた。

又兵衛の母親は「米沢町の家にいても落ち着かないから、しばらくこっちに泊まって貰おうかと思うんだよ」と言った。

「おいせちゃん、本当かい。おれ、子供のことで正直参っているんだ。手を貸してほしいのだよ」

又兵衛は藁にも縋る思いで言った。顔を上げたおいせは「いいの？　あたし、子供ができなかったから、子供の世話をするのが楽しみなのよ」と泣き笑いの表情で応えた。

「楽しみだなんて、こっちは地獄の苦しみだったよ。ねえ、おっ母さん」

「おいせちゃんがいてくれたら、鬼に金棒だよ」

又兵衛の母親も安心したように笑った。又兵衛は子供の頃からおいせを憎からず思っていたし、おいせも又兵衛を慕っていたと思う。

それが祝言という話にならなかったのは、いとこ同士ということもあり、また、おいせの家と又兵衛の家では格式の違いもあったからだろう。

それから十五年の間、おいせは子供達の母親代わりを務めてくれた。下の娘も次男も実の母親の顔を覚えていない。おいせを本当の母親だと思っている。長男の利兵衛も従伯母に当たるおいせには素直に従ってくれた。

その間に又兵衛の母親が病を得て亡くなると、おいせは又兵衛の女房として葬儀の用意を滞りなく調えた。子供達も無事に成長し、長男は嫁を迎え、次男は材木問屋の養子に行き、娘も片づいた。もはや、この先、案ずることはないと思った矢先、おいせが実家に戻ると言い出した。

「だって、親父さんもお袋さんも亡くなり、実家と言っても兄夫婦と一緒じゃ肩身の狭い暮らしになるよ。それなら、この家にずっといておくれ」

又兵衛は諭(さと)すように言った。

「子供達を大きくしたし、あたしの役目は終わったから」

おいせは寂(さび)しそうに言った。

「これからは子供達のためじゃなく、おれのために傍(そば)にいてくれよ」

又兵衛は甘えるように言った。そういう言葉がおいせには素直に言えた。

又兵衛はおいせと暮らすようになって、ようやく本当の女房に巡り合えた気がしていたのだ。しかし、又兵衛は、おいせを女房とする人別の届けを出していなかった。二人は表向きは夫婦だが、内縁関係だった。

「りっちゃんがおゆりさんと話しているのを聞いてしまったのよ」

おいせは俯(うつむ)きがちになって言う。おゆりは利兵衛の女房の名前で、その時、十八になったばかりだった。深川の質屋の娘である。

仲人(なこうど)の勧めで二人は一緒になったのだが、存外に馬が合い、毎日をなかよく過ごしていた。

「二人はどんな話をしていたんだい」

又兵衛は怪訝な表情で訊いた。

「おゆりさんがね、お舅さんとおっ姑さんは本当のご夫婦じゃないのでしょうって」

おいせがそう言うと、つかの間、又兵衛は言葉に窮した。

「りっちゃんは母親代わりになって育ててくれた人だから、そんなこと、どうでもいいじゃないかと言ったけど、おゆりさんは納得していない様子だったの」

「何が納得できないのだ」

「つまり、舅、姑の面倒を見るのは嫁のつとめだけど、そうじゃない人まで面倒は見られないと、おゆりさんは言いたいのよ」

「とんでもない嫁だ。がつんと言ってやる」

又兵衛は声を荒らげた。

「やめて」

おいせは慌てて又兵衛の袖を掴んだ。

「おゆりさんの言うことも一理ありますよ。だからあたしは、この家を出て、どこかよそで暮らそうと思っているの。幸い、米沢町のお父っつぁんが亡くなった時、少しまとまったものをいただいているから、又兵衛さんは心配しなくていいよ」

「そういう訳には行かない。おいせちゃんとおれは、夫婦同然に暮らしてきたんだから」

又兵衛は顔を赤らめながら言った。人別においせを入れなかったのは、当時の又兵衛がおいせと男女の仲になるとは思ってもいなかったからだ。だが、一緒に暮らす内、自然に二人は寄り添うようになった。そういう間柄になっても、特に人別をちゃんとしようという話にはならなかった。仕事と子供の世話に忙しく、そんなことを考える暇もなかったせいもある。

「あたしも全然気にしていなかったのだけど、よそから来たおゆりさんには、やっぱりおかしく見えるものなのね」

「人別の手続きをするよ」

「今さら、いいのよ。りっちゃんも大人になってお嫁さんを迎えたのだし、後のことはおゆりさんに任せることにしましょうよ」

「それなら、おれも一緒に家を出る」

又兵衛は意気込んで言った。おいせは一瞬、呆気（あっけ）に取られたような顔になり、ついで笑い声を立てた。

「相変わらず、おばかさんね。そんなことをしてどうするのよ。又兵衛さんは伊豆屋の主（あるじ）よ。それこそ世間体が悪い」

「いや、利兵衛に商売を渡して、おれは隠居する。知らない町でのんびり暮らしたいと、前々から考えていたんだ。商売を抜きにすれば、おれは深川にあきあきしていたのさ」

「本気なの？」

おいせは真顔（まがお）になった。

「ああ、本気だ」

「嬉（うれ）しい。孫右衛門さんに住まいを探して貰って、さっさと引っ越ししましょうよ。もう深川とはおさらばよ」

おいせの眼はきらきらと輝いていた。

その話を利兵衛にすると、利兵衛はさして反対しなかった。おゆりのことがあるから、内心でほっとしていたのかも知れない。だが、又兵衛の娘のおかつは、義姉さんが二人を追い出したと嫌味を言った。おかつの気持ちがおいせには涙が出るほど嬉しかった。

そんな経緯はあったが、堀留町の会所での暮らしが十年も経つと、おゆりも子供を連れて堀留町へ遊びに来るようになった。あのまま蛤町の家に留まっていたら、おいせとおゆりの間は険悪となり、利兵衛は又兵衛の真似をしておゆりと離縁したかも知れなかった。

これでよかったと、おいせはつくづく思っていた。

三

うらうらと秋の陽射しが堀留町の通りに降り注いでいた。又兵衛は会所の前を竹箒でいつものように掃除していた。間口二間（約三・六メートル）の会所だが、中に入ると土間は広く、十畳ほどの板の間は中央に炉が切ってある。そこには大振りの南部鉄瓶がいつもしゅんしゅんと湯をたぎらせていた。障子を隔てた六畳間が水屋になり、流しと水瓶を設え、壁際には古い根来塗りの戸棚がふたつ並んでいた。中には大勢の客が来ても困らないように湯呑が大量に納められている。流しの上の棚にも大きな鍋釜が並んでいた。それも、いざという時のためである。その六畳間は又兵衛とおいせが寝泊まりする部屋でもあった。

板の間から梯子段を上ると、畳敷きの部屋が二つあり、二つの部屋は襖で隔てられていたが、襖を開ければ大広間となる。

訴訟の時などは、訴える者と訴えられた者が別々の部屋に入り、仲を取り持つ名主なり、大家なりが二つの部屋を行き来して話を纏めることになっていた。

孫右衛門がやってきて、掃除をしている又兵衛に声を掛けた。

「お早うさん。ご精が出るね」

孫右衛門はそう言ったが、浮かない表情をしていた。

「何かあったかね」

又兵衛はすぐに訊く。ええ、まあ、と孫右衛門は曖昧に応えた。往来でする話でもなさそうだ。又兵衛は竹箒を片づけると、孫右衛門を中へ促した。

「あら、孫右衛門さん、お早うございます。本日はよいお天気ですね」

おいせがすぐに出て来て笑顔を見せた。

「ああ、外はよい天気だが、わたしの心は曇り空で、今しもひと雨降りそうですよ」

孫右衛門は冗談交じりに言う。

「相変わらず、おかしな人。さあ、まずお茶を一杯飲んでいただきましょうか」

おいせはいそいそと茶の用意を始めた。

「瓢箪長屋の義助の所は毎度夫婦喧嘩が絶えなかったんだが、女房のおなかが堪忍袋の緒を切らし、とうとう離縁すると言い出したんだよ。義助の姉やおなかの兄貴が出てきて説得したが、おなかは聞く耳を持たないのさ」

孫右衛門はおいせの淹れた茶をひと口啜ってから言った。瓢箪長屋とは孫右衛門が面倒を見ている大伝馬町の裏店で、店子の義助は畳職人だった。毎朝、やはり大伝馬町にある畳屋「備後屋」へ出かけ、日がな一日働いていた。義助とおなかの間には上は十四歳から下は五歳まで、四人の子供がいた。

義助は腕のよい畳職人だが、酒好きで、晦日に給金を貰うと、まっすぐ住まいに戻ったためしがなかった。さんざん居酒見世を梯子して、戻った時には僅かな銭しか残っていなかった。それでは暮らしてゆけないので、おなかは内職をしていたが、内職の手間賃など高が知れている。最近は毎月六百文の店賃も滞りがちとなっていた。おなかが文句を言うと暴れて手がつけられないので、近所の店子達も心配しているという。

「世間によくある話だけど、おなかさんにすればたまらないでしょうね」

おいせは気の毒そうに言った。

「どうせ、稼いだ給金は酒代に消えるんだから、一緒に暮らす意味がないとおなかは言うんだよ。もっともだからわたしも離縁するなとは言えないのさ」

孫右衛門は苦り切って言う。

「そのおなかって女房は亭主に晩酌させせないのかい？　家で飲むだけなら、さほど困ることにはならないだろうが」

又兵衛は義助が外で飲み歩く理由がわからない様子だった。

「おなかは義助が仕事から戻ると、ちゃんと晩めしに酒を一本つけているよ。だが、足りないんだなあ。寝るまで飲んで、酒瓶が空になると、味醂にまで手をつけるそうだ」

「それ、全く酒の病よ。酒なしでは一日も暮らせないのよ。飲み屋さんは商売だから、もう飲むなとは言わないので、義助さんは調子に乗って飲んでしまうのよ。こうなったら、別れたほうがおなかさんのためね」

おいせはにべもなく言った。

「そうは言っても、夫婦別れしたら、子供達はててなし子になる。可哀想じゃないか」

又兵衛は義助の肩を持つ言い方をする。

「だって、酒喰らいで、お金を入れないてて親なんて、てて親じゃないよ。この世は何事もお金が掛かるのよ。子供が四人もいて、そんなこともわからないのかしら」

おいせの口ぶりは次第にぷりぷりしてくる。

「二人の姉や兄は何んと言っているんだい？」

又兵衛は孫右衛門に訊いた。

「おなかが我慢できないなら、離縁するのも仕方がないだろうってさ」

「で、実際問題、離縁したら暮らしはどうなるのかね。いや、義助はともかく、おなかと子供達の暮らしのことだよ」

「長男も備後屋で畳職人の修業を始めるようだし、酒代が掛からなきゃ、何んとか食べて行けるって話だ」

「それじゃ、離縁するしかない訳だ」

「そういうこと」

孫右衛門は、ぶっきらぼうに相槌を打った。

「離縁しても、その義助って男は眼を覚ましてお酒をやめないでしょうね」

おいせは低い声で言った。

「仕事をする気も失せて、その内に野垂れ死にだな」

孫右衛門は義助の最期を予想するかのように言う。

「離縁する前に義助と女房子供を離して、様子を見るのはどうだい」

又兵衛は、ふと思いついたように言った。

「離すって、どこに」

「ここの二階に部屋があるから、しばらく泊まって貰ってもいいよ。亭主が暴れるから女房子供を一時避難させていると言えば、会所を使う理由にもなる」

「だけど、ここは堀留町で大伝馬町じゃない」

孫右衛門は慌てて制した。

「そこは大家の采配でどうにでもなるだろう。名主の近藤さんは、任せると応えるはずだ」

「だけど、五人も押し寄せたんじゃ、おいせさんが大変だ」

孫右衛門はおいせを慮る。

「あら、あたし、おなかさんと子供達の面倒なんて見ないよ。宿を貸すだけよ。義助さんが仕事に出ている間は瓢箪長屋にいて、戻ってきて暴れ出したら、ここに泊まればいいのよ。そうよね、お前さん」

「そうそう」

「なるほど。それは名案かも知れない。逃げ場所があれば、おなかだって気が楽になるはずだ。さっそくおなかにその話をしよう。いや、又さん、おいせさん、ありがとう」

孫右衛門は夜が明けたような顔になって会所を出て行った。

「うまく行くかしらね」

おいせは孫右衛門の湯呑を片づけながら訊いた。

「さあ」

又兵衛は気のない返事をする。

「離縁するのは、人それぞれに事情があるものね。あたしは簡単に亭主の家を出てしまったけど、時間を掛ければ済んだ話とも思えるのよ。今だから言えることだけど。お前さんだって、そうでしょう？」

「ああ。だが、その時はそれしかないと思い詰めてしまったんだよ」

「若さかしら」

「そうかも知れない」

「あたしはこの年になったし、今さらお前さんと別れる気はないけれど、それができるってことは、まだまだ元気があるってことね」

「そうそう。離縁できるのも若い内だ。年寄りになったら、そう考えるのも面倒臭い」

「面倒臭いから我慢してあたしといるの？」

おいせは悪戯（いたずら）っぽい表情で訊く。

「そんなことはない。おいせとおれは縁があったのさ。だから一緒になれたんだよ」

「ありがと。お前さんも五十を過ぎて、ようやく素直になったこと」

「何言いやがる」

「さて、今晩、おなかさんと子供達はやって来るかしら。ああ、楽しみ。誰もいなくなって途方に暮れたような義助さんの顔が見たい」

「お前も存外、人の悪いおなごだ」

「どう致しまして。あたしは女ですからね、何かもめ事があれば、どうしたって女の味方をしちまいますよ」

「飲まなきゃいられない男の気持ちはどうなる」

　又兵衛がそう言うと、おいせは眼をしばたたいた。少し思案する表情になったが、やがて「そっちはお前さんにお任せしますよ」と応える。又兵衛はやり切れないため息をついた。

四

暮六つ（午後六時頃）の鐘が鳴ると、又兵衛は大戸を閉てたが、おなかと子供達がやってきても困らないように大戸に取り付けてあるくぐり戸のさるは外しておいた。

晩めしを食べ終えても誰も訪れる様子がなかった。今夜のところは無事に済んだのだろうかと思い始めた時、外から下駄の音と子供の泣き声が聞こえた。

「もし、会所の又兵衛さん。お頼み申します」

声変わりしたばかりの少年の声が、すぐに続いた。又兵衛はおいせと顔を見合わせた。

「くぐり戸は開いてるよう」

又兵衛は、よっこらしょと腰を上げながら、大声で応えた。板の間に出て行くと、子供四人とおなかが気後れしたような顔で土間に突っ立っていた。子供は一番上と、一番下が男で、中の二人は女だった。

「義助に例の悪い癖が出たようだね」

又兵衛が悪戯っぽい顔で言うと、三十がらみのおなかは「お恥ずかしい限りでございます。大家さんと会所の又兵衛さんのご厚意に甘えて、今夜のお宿を拝借したいと存じます」と、裏店住まいの女房にしては丁寧な挨拶をした。

「いいともさ。ささ、上がりなさい。二階に部屋がある。蒲団も用意しているから、後はそっちで勝手にやってくれ。おれと婆さんは年だから、十分な世話ができないが、そこは勘弁しておくれ」

「とんでもない。安心して眠れるだけで、あたしら大助かりなんですよ。ねえ」

おなかは子供達に相槌を求める。子供達は表情のない顔で小さく肯いた。

「晩めしは喰ったのかね」

「ええ。うちはいつも早めに済ませるんです。ぐずぐずしていたら、酔っぱらったうちの人が暴れ出して、食べはぐれてしまうものですから」

「そうかい。そいじゃ、二階で寛いでくれ。行灯は点けているが、寝る時は必ず消しておくれよ。厠はここの突き当たりだ」

「わかりました」

おなかは子供達を促して、遠慮がちに二階へ上がって行った。それから、ごそごそと蒲団を敷く物音が聞こえ、厠を使うために梯子段を下りる音もしたが、小半刻（こはんとき）（約三十分）もすると二階は静かになった。

「子供達は寝たようね」

おいせは茶を啜りながら、ぽつりと呟（つぶや）いた。

「ああ、そうらしい」

「義助さんはどうしているのかしら」

「おおかた、ここはおれんちだ、文句のある奴は出て行けと大口を叩いたんだろう。いつもはじっと我慢していたかみさんと子供達も、今夜ばかりは違った。さっさと塒（ねぐら）をおん出た。義助はさぞ驚いていることだろうよ」

「ここのことは、義助さんは知らないのね」

「知らないはずだ」

「ああ、よかった」

おいせは、ほっとしたように笑顔を見せた。

しばらくすると梯子段を下りてくる足音がして、おなかが又兵衛の部屋の前で膝を突き「又兵衛さん、お内儀さん、それではこれで休ませていただきます」と言った。又兵衛は障子を開け、子供達は寝たのかい、と訊いた。

「ええ」

「大人が寝るには、ちょいと早い。よかったら中へ入らないかい」

「よろしいんですか。お二人ともお休みになるところじゃなかったんですか」

「おれも婆さんも宵っ張りの口だよ」

又兵衛が冗談を言うと、おなかは口許に掌を当ててくすりと笑った。

おいせもがらがら声で気さくに招じ入れる。おいせはすぐに急須を引き寄せた。

「どうぞ、どうぞ」

「お内儀さん、お構いなく」

おなかは慌てて制する。

「あたしもちょうどお茶が飲みたかったんですよ」

「畏れ入ります」

おなかは恐縮して首を縮めた。所帯やつれしているが、おなかは存外色白で整った顔立ちをしていた。娘時代はさぞ可愛らしかっただろうと又兵衛は思った。

「立ち入ったことを訊くが、義助は昔から大酒飲みだったのかい」

又兵衛は言わずにはいられなかった。おいせは「お前さん、およしなさいよ。おなかさんが可哀想ですよ」と言った。

「いいんです、お内儀さん。又兵衛さんのご心配はもっともですから。うちの人と所帯を持った頃、うちの人はお酒なんて一滴も口にしませんでした」

「ほう。飲み出したのはいつからだね」

「二年ほど前からです」

「何か訳でもあったのかい」

「ええ……」

おなかはぎこちない表情で肯いた。義助は本来、真面目(まじめ)な男だったから、備後屋の親方にも目を掛けられていた。義助の仕事ぶりもその親方に仕込まれた通り、丁寧だった。

備後屋の親方には息子がいなかったので、同じ畳職人で義助より五つほど年が若い万吉(まんきち)という男が婿(むこ)に入った。万吉は若旦那という立場になると、どれほど忙しくても職人達と一緒に働こうとしなくなった。得意先を廻(まわ)り、注文を取ることばかりに没頭した。しかし、備後屋は職人の数がそれほど多くない。万吉が取ってくる注文に追いつかなくなった。無理だと義助が言えば、万吉は、あんたの仕事は丁寧だが、それじゃ今の時代に合わない、畳針を打つ間隔を広くすれば、もっと数を稼げる、と言った。義助は承服できなかった。それは親方のやり方を無視することだった。

　だが、万吉のお蔭（かげ）で備後屋が以前より売り上げを伸ばしていることは事実なので、親方も万吉に対してうるさいことを言えなくなっていた。義助は情けなかったが万吉の言う通りにするよりほかはなかった。

　そうして二年前、愛宕下（あたごした）の旗本屋敷から大掛かりな畳替えの注文があり、それは備後屋だけでなく、他の畳屋と一緒にすることとなった。とはいえ、備後屋が受け持ったのは三十畳の大広間で、仕事の中身は上吉（じょうきち）の部類だった。季節が師走（しわす）のせいもあり、その旗本屋敷は正月までに間に合わせてほしいと無理を言った。万吉も何が何んでも間に合わせろと職人達を鼓舞（こぶ）したが、仕事はその旗本屋敷の他にもあった。五人の職人だけでは手が足りなかった。切羽詰（せっぱつ）まった万吉は備後屋より格下の畳屋へ仕事を半分振り分けた。それが失敗だった。大広間は上座と下座の間が素人でもわかるほど出来に差がついてしまった。皮肉なことに出来の悪いのが義助達のやった仕事だった。

もちろん、旗本屋敷は承知しなかった。手直しを命じた。万吉はそれをすべて義助のせいにしたのである。間に合わないのなら半分を下請けに出そうかと万吉が義助に訊いて、そうしていただけやすかい、と応えたのは義助である。言い訳は通用しなかった。

「うちの人、悔しかったんでしょうね。それから飲み出すようになったんですよ」

おなかは涙ぐんで言った。

「おれは義助の気持ちがわかるぞ」

又兵衛は力んだ声を上げた。

「だからって、女房子供に当たるのはどうかと思いますよ。仕事は仕事、家族は家族なんですから」

おいせは口を挟んだ。

「お前は黙っていろ！」

「だって、このままだったらどうしようもないじゃありませんか。備後屋の親方も親方よ。養子に遠慮しちゃってだらしがない。その内にご商売も危うくなりますよ」

「お内儀さんのおっしゃる通りですよ。うちの人はそこを一番心配しているのですよ。政吉（まさきち）を備後屋で、これから修業させたい考えもありますし。万一のことがあれば、親子ともども仕事をなくしちまうことになりますから。その前にあたしはうちの人と離縁して、政吉を別の畳屋に奉公させようと思ったんですよ」

政吉は長男の名前だった。おなかは、酒のことは別にして義助の気持ちはよくわかっているようだ。それが又兵衛には救いだった。

だが、この先、どうしたらよいのか、その時の又兵衛にはわからなかった。

一日目の夜はそうして過ぎた。二日目も晩めしの後でおなかが子供達を連れてやってくるのは同じだった。だが、三日目の夜、子供達が床に就（つ）き、おなかが又兵衛達の部屋で茶を飲みながら世間話をしている時、表戸を拳（こぶし）で激しく叩（たた）く音が聞こえた。

「やい、会所の爺（じじ）ィ、出てきやがれ！　嬶（かか）ァと餓鬼（がき）どもを隠しやがって、太（ふて）ェ野郎だ」

義助の甲走(かんばし)った声も聞こえた。おなかは、はっとして恐ろしそうにおいせに身を寄せた。

「大丈夫だよ。酔っ払いをいなすのは、うちの人はお手のものさ」

おいせは安心させるようにおなかの背中を撫(な)でた。

「おなかさん、怪我はさせるつもりはないが、少々手荒なことをするかも知れないが、いいかね」

又兵衛はおなかに念を押した。おなかが応えるより先に又兵衛は土間口に下り、油障子を開けた。義助の勢いがよかったので、中へ入った途端(とたん)に義助は土間へ、ばったりと転(ころ)んだ。

「何しやがる」

義助の着物の前がはだけて、色の悪い下帯が覗(のぞ)いた。

「何しやがるとは何んだ。お前が勝手にすっ転んだんだろうが」

又兵衛は義助を見下ろして言う。

「て、手前ェがいきなり開けたんじゃねェか。こ、こちとらの気持ちの用意ってもんがある」

　義助は孫右衛門と同じように小柄な男だった。年はおなかより幾つか上に見える。

「ここを誰に聞いた」

「へん、嬶ァと餓鬼どもがこっそりここへ忍び込むのを見ていた奴がいるんだ」

「そいつはまた、お節介（せっかい）だなあ」

「うっせェ！　嬶ァと餓鬼どもを返せ」

「返してどうする」

「二度と舐（な）めた真似をしねェように、ぶん殴ってやる」

「それなら返す訳には行かないよ」

「爺ィはすっこんでろ！」

「お前に爺ィ呼ばわりされる覚えはない。おれはお前の爺ィじゃない。それにな、おなかさんはお前に愛想（あいそ）が尽（つ）きて離縁するそうだ。そりゃそうだ。ろくに稼ぎを入れない亭主なんざ、一緒にいたって苦労するばかりだ。おなかさんと子供達のことは、町内の世話役さんと相談して悪いようにはしないから、お前は安心しな」

「何んだとう。めしや弁当はどうするんだ」

「そんなことは知らないねェ。稼ぎを入れないくせにめしと弁当を持ち出すとは畏れ入る。いいか、めしも弁当も只じゃないんだ。皆、銭がいることなんだぞ」

「何を今さら。今までちゃんと喰ってきたんだから、これからだって喰って行けるさ。お天道さんと米のめしはついて回るんだ」

どこまでも屁理屈をこねる義助にさすがの又兵衛も腹が立った。

「義助、お前の所の暮らしは、もはやにっちもさっちも行かないんだ。瓢簞長屋の店賃はみつきも溜まっているそうだよ」

「知るけェ」

「明日、大家さんと町役人を交えて離縁の手続きをする。お前とこれ以上、話をしても始まらない。帰れ！」

又兵衛は義助の後ろ襟を摑んで外に抛り出そうとした。だが、義助も負けてはいなかった。足を踏ん張って抵抗する。

「おれの気持ちなんざ、何もわかっていねェくせに、勝手なことをするな」

「お前の気持ちだと？　わかっているさ。備後屋の親方に仕込まれた通りの仕事をしたいのに、娘の婿がそうはさせないいんだろう？　それでやけになってお前は酒に溺れた。わかりやすい理屈だ。それも無理はなかろうと、お前は人から同情されたいんだろう。だが、そうは問屋が卸さない。お前の仕事はお前のものだ。たとい、娘の婿に言われたことでも最後に責めを負うのはお前だ。酒に溺れるより先にどうして娘の婿に喰って掛からない。こんな店は辞めてやると、なぜ言えない。小僧の時からこの道ひとすじにやってきたお前だ。その腕があれば、どこの畳屋でも使ってくれる。え、そうじゃないのか」

又兵衛も興奮して声が震えていた。義助は抵抗する力をなくし、又兵衛に縋っておいおいと泣き出した。

「又兵衛さん、もうやめて。もう、いいですから。うちの人はちゃんとわかりましたから」

おなかは叱られた子供を庇うように取りなした。おなかの眼も濡れていた。意地を張っていた義助がだらしなく泣く姿が見ていられなかったのだろう。

「どうするつもりだね」

又兵衛はそんなおなかに訊いた。

「うちの人がこれほど苦しんでいるのなら、備後屋さんを辞めさせます。そうすればお酒を飲まなくてもいいでしょうから」

「そうは言っても酒はやめられないだろう。義助の酒は、もはや病の域だ」

「町医者の良庵先生に相談して、よい方法を考えていただきます」

「そうかい」

又兵衛は低い声で応えた。

「あたしはうちの人と一緒に長屋へ帰ります。子供達はぐっすり眠っていますので、申し訳ありませんが、明日の朝まで寝かせて下さいまし」

「それはいいが……」

「義助さん、お水を飲んで酔いを覚まし、これからのことをおなかさんとじっくり話し合ってね。できる？」

おいせが口を挟んだ。

「へ、へい。なるべく酒はやめます」

義助は、最初とはうって変わり、殊勝に応える。

「なるべくは駄目。あんたの場合、一杯飲んだら元の木阿弥だよ。きっぱりやめたほうがいいんだ」

「そんな……」

「それができないなら離縁だよ」

おいせは脅すように言う。

「離縁、離縁って簡単に言うない。世間様はそうそう離縁なんてするものか」

「おあいにく。あたしは一度離縁された女で、うちの人は三度も離縁しているのさ。離縁の玄人だよ」

「んなこと自慢になるけェ」

義助は皮肉な言葉を返した。だが、おなかにつき添われ、おとなしく会所を出て行った。

「うまく纏まるかしらねえ」

二人が帰ると、おいせはため息交じりに言った。

「さあねえ」

「離縁すると八割方覚悟を決めても、最後の最後にはころりと気持ちが変わることもあるのね」

「そりゃあ、四人も子供を拵(こしら)えた夫婦だからな。できれば離縁は避けようとするはずだ」

「あたしら、何んだったのかしら」

「辛抱が足りなかったのかねえ」

「違う。心の底から相手を好きじゃなかったのよ。好きだったら何んとかなるものよ」

おいせの言葉に又兵衛は黙った。好きだの嫌いだのだけで夫婦は続かないと思うからだ。

では、何が必要だったのか。それは齢(よわい)五十五になった又兵衛にもわからなかった。

五

義助は備後屋を辞めなかった。いや、辞めるつもりで親方に話をすると、引き留められたらしい。義助はその前に伊勢町(いせちょう)の町医者田崎(たざき)良庵の所に十日ほど泊まり込みで治療を受け、すっかり酒の気を抜いたという。

幸い、今は酒の力を借りなくても過ごせるようになったようだ。

「いや、又さんとおいせさんのお蔭だ。ありがとよ」

秋も深まったある日、孫右衛門は堀留町の会所を訪れて礼を述べた。

「孫右衛門さん、お礼を言われるまでもありませんよ。会所に泊まったのはほんの三日ですもの」

おいせは埒もないという表情で応えた。

「又さんの説教が大層こたえたらしいよ」

孫右衛門は悪戯っぽい表情で言った。

「おれ、何を言ったかな」

「三度も離縁して、離縁の玄人だって言ったそうだね」

「あら、それ、あたしが言ったのよ。義助さんが離縁なんて簡単に言うなって凄むから、悔しくてね」

「義助は一度夫婦になったら、離縁なんてそうそうあるものじゃないと考えていたんだよ。だが、又さんとおいせさんの例があった。途端に怖くなったのさ。おなかさんがいなかったら、自分は何ひとつ手につかないということを知っていたんだよ」

「おれ達のお蔭で眼が覚めたってか？　こいつはいい。おいせ、おれ達の離縁が他人様の役に立ったようだよ」

又兵衛は愉快そうに言った。本当にねえ、とおいせも嬉しそうに相槌を打った。

「しかし、備後屋の若旦那は、よくおとなしく引き下がったものだ。これからの義助は前のように丁寧な仕事をするのだろう？　大きな仕事が舞い込んだ時は手が足りなくなるのじゃないだろうか。全くあちら立てれば、こちらが立たずだな」

又兵衛は備後屋の今後を心配した。

「それがねえ……」

孫右衛門は言い難そうに顔を曇らせた。

「何かあったのかい」

「若旦那の万吉は備後屋を出て行ったそうだ」

「そりゃまた、どうして」

「ま、仕事の方針が義助と合わないせいもあろうが、これまで大口の注文を取りつけて儲かっていたから、遊びも派手になっていたのさ。料理茶屋の仲居をしていた女とよくなって、離れられなくなったらしい。親方の娘さんとの修羅場もあったようだよ」

「じゃあ、そっちが離縁？」

　おいせは驚いて眼を見開いた。

「ああ。もう人別から万吉を抜いたそうだよ」

　孫右衛門はやり切れない吐息を洩らした。

「何んだかなあ」

　又兵衛もどうしていいのやらという表情だった。

「親方は備後屋を守るために万吉を婿に入れたんだが、それが仇になったと言っていたよ。この先はいい人がいたら娘さんを嫁に出すそうだ。幸い、娘さんには子供もいないことだし、後添えの口は見つかるだろうってね。備後屋は自分の代で終わりでも構やしないとさ」

「義助さんが備後屋を潰すものか。政吉ちゃんもいることだし」

　おいせは張り切った声で言う。

「そうだね。しかし、義助とおなかさんのごたごたが妙な結果になってしまったなあ」

又兵衛はしみじみした口調で言った。

「これも世の中よ」

「それもそうだが」

「わたしは備後屋の娘さんの後添えの口を探さなきゃならないのさ。ああ、忙しい」

孫右衛門はこうしてはいられないという顔で腰を上げた。

「ご苦労様」

おいせがねぎらいの言葉を掛けた。

「もうすぐ冬だねえ。年寄りには寒さがこたえるよ」

孫右衛門は寂しそうに言う。

「でも、冬は食べ物がおいしくなりますから、孫右衛門さん、その内に鍋でもしましょうよ」

「いいねえ。湯豆腐、寄せ鍋、軍鶏(シャモ)鍋、どれも好物だ」

孫右衛門は涎を垂らしそうな表情で帰って行った。

「さて、あたしは夕ごはんの買い物をして来ますよ。お留守番お願いしていい？」

おいせは前垂れを外しながら訊く。ああ、いいともさ、と又兵衛は応えた。

一人になった又兵衛は板の間の炉に炭を足した。炉の縁に孫右衛門が使った湯呑と、おいせと又兵衛の夫婦茶碗が置いたままになっていた。夫婦茶碗は堀留町の会所へ越してきた時、孫右衛門の女房が贈ってくれたものだ。

孫右衛門の女房のお春は、もちろん、又兵衛とおいせの事情を呑み込んでいる。せめて堀留町では、普通の夫婦らしく暮らしてほしいと思ったのだろう。お春の気持ちがありがたいと又兵衛は思った。志野焼の夫婦茶碗は何年使っても飽きがこない。掌に持った感じもふくよかでよかった。

これを使う又兵衛とおいせは誰が見ても仲のよい夫婦だ。だが、人別には未だにおいせの名前は入れていなかった。

おいせの父親から譲られたものが、現金だけでなく、両国広小路に近い土地も含まれていたからだ。そこからの地代金が時代の流れでばかにならない額となっていた。おいせを又兵衛の人別に入れると、それらは自然に又兵衛の所有となり、万一の時は又兵衛の子供達の手に渡り、おいせの手許には残らない。又兵衛はそれを危惧(きぐ)して人別の手続きを取っていなかったのだ。

自分はおいせより早く死ぬだろう。後はおいせが決めたらいい。又兵衛はそう思っている。

志野焼の夫婦茶碗は又兵衛の思惑を別にして、ちんまりとそこにあった。表から射し込む秋の光が茶碗の表面を朱色掛かって見せる。

せめてこの茶碗は大事にしなければ。そう思いながら又兵衛は茶碗を流しに運び、丁寧に洗った。水瓶の水は胴震(どうぶる)いするほど冷たかった。堀留町の秋は深まる一方である。

泣かない女

藤沢周平

藤沢周平（ふじさわ・しゅうへい）

一九二七年山形県生まれ。七三年に『暗殺の年輪』で直木賞、八六年に『白き瓶』で吉川英治文学賞、八九年に菊池寛賞、九〇年に『市塵』で芸術選奨文部大臣賞、九四年に朝日賞を受賞。九五年に紫綬褒章を受章。九七年逝去。著書に『義民が駆ける』『逆軍の旗』『雪明かり』『驟り雨』『橋ものがたり』『海鳴り』『蟬しぐれ』『たそがれ清兵衛』『三屋清左衛門残日録』『静かな木』、「用心棒日月抄」「彫師伊之助捕物覚え」「獄医立花登手控え」「隠し剣」シリーズなど。

堀割をわたって一色町(いっしきちょう)の河岸に来ると、あたりはまた暗くなった。かろうじて家の軒がみえるくらいである。

お柳が手をさぐって来たのを、道蔵は握りかえした。お柳の手はあたたかくて湿っぽかった。二人は手を握りあったまま、しばらく黙って歩いた。

「このへんでいいわ」

立ちどまったお柳が言った。お柳の家と思われるあたりで、道にひとところ灯のいろがこぼれている。錺師(かざりし)藤吉が、夜なべをしているのかも知れなかった。お柳は藤吉の娘で、道蔵は山藤と呼ばれるその店の職人だった。

道蔵も足をとめた。するとお柳が、いきなり身体(からだ)をぶつけるようにして抱きついて来た。二人は暗い道の上で、ひとつに溶けあう形で口を吸い合った。さっきもそう思ったのだが、お柳の息は、何かの花のような香がする。背に回した手で、お柳は時どき爪(つめ)を立てるようなしぐさを繰り返した。

そのしぐさで、道蔵は半刻(はんとき)前まで二人で過ごした、東仲町の小料理屋の部屋を思い出している。お柳は出もどりだった。一度男に身体をゆだねてしまうと、そのあとはためらいがなく、奔放にふるまった。

「ねえ」

口を放すと、お柳は熱い息を吐きながら、ささやいた。

「また、会ってくれる」

「むろんです、お嬢さん」

「お嬢さんなんて言わないで」

お柳は拳(こぶし)でやわらかく道蔵の胸を叩(たた)いた。小さな拳だった。

「でも、こんなふうになって、あたしたちこれからどうなるの?」

「さっき言ったとおりですよ、お嬢さん。あっしは女房と別れます」

「ほんと?」

お柳は道蔵の頸(くび)にぶらさがるように両手をかけ、上体だけうしろにひいて、暗い中で道蔵の顔を見さだめるようにした。そして二十の女とは思えない、甘ったるい声を出した。

「暗くって、あんたの顔が見えない」

「ほんとです。あっしはもともとお嬢さんを好いてました」

「じゃ、どうしてもっと早く言ってくれなかったの？　嫁に行く前に」

「そんなことを言えるわけがございません」

山藤は繁昌（はんじょう）している錺師である。道蔵のような子飼いの職人が十人もいて、それでも納める品が間にあわないほどいそがしい店だった。

そしてお柳が嫁入った先の根付師玉徳も、人に知られる店だった。似合いの縁談だった。奉公人上がりの職人が、その縁談に口をはさむ余地など、爪の先ほどもなかったのである。

それにお柳を好いているといえば、なにも道蔵だけに限らなかった。いまはべつに店を持っている、そのころはすでに所帯持ちだった兄弟子二人をのぞけば、年ごろの職人は、みな親方の美しい娘に恋いこがれていたと言ってもよい。お柳は職人の娘とも思えないお嬢さん育ちで、わがままだったが美しかった。

玉徳の息子芳次郎との縁組みが決まり、お柳が嫁入って行くのを、道蔵たちは黙って見送ったが、自分たちの気持とはべつに、その縁組みを似合いだとも思ったのであった。上方に旅していた芳次郎が旅先で急死し、たった三年で、お柳が出戻りで帰って来るなどとは、誰も夢にも思わなかったのである。

「おとっつぁんに叱られるから、帰る」

やっと手を離したお柳が言った。そして、闇の中でもう一度道蔵の顔を見さだめるようにして念を押した。

「さっき言ったことを信用していいのね」

「もちろんですとも、お嬢さん」

道蔵が力をこめて答えると、お柳はやっと安心したように離れて行った。道蔵が立ってみていると、お柳は足ばやに遠ざかり、道に灯のいろが落ちている場所まで行くと、ちらとこちらを振りむいた。

お柳の白い顔が笑いかけたようにみえたが、姿はすぐに闇にまぎれた。

河岸を閻魔堂橋までもどり、油堀を北に渡りながら、道蔵は自分がひどくいそいで歩いているのに気づいて、橋の中ほどで少し足どりをゆるめた。

家は伊勢崎町だが、いそいでもどることはない。今日、突然におとずれて来た果報を、ゆっくり噛みしめるべきだった。

――やり直しだ。しくじらねえように、じっくりかからなきゃな。

と思った。考えることがいろいろあった。別れるつもりの女房のところに、こんなに大急ぎで帰ることはない。

話があるから、仕事がひけたら馬場通りにある一ノ鳥居のそばまで来てくれ。お柳にそうささやかれたのは昼近く、台所に水を飲みに行ったときだった。

それだけで、道蔵はのぼせ上がってしまった。昼飯もどこに入ったかわからないようにして喰いおわり、午後はうわの空で仕事をした。仕事の手順をたびたび間違え、ほかの職人に怪訝な顔をされたほどである。

六ツ（午後六時）で仕事を打ち切ると、道蔵は親方の藤吉に挨拶してすぐに店を出た。家へ帰る道とは逆の方角に、走るように町を歩いた。お柳の話というのが何なのかは、まるで見当がつかなかったが、ただお柳に会えるというだけで、胸がふくらんだ。日は低く西空に傾いていたが、通りすぎて行く町には、日にあたためられた四月はじめの陽気が残っていて、そのあたたか味まで、心をくすぐっているようだった。

お柳はちゃんと待っていて、近づく道蔵をみると笑いかけて言った。

「そんなにいそがなくともいいのに」

道蔵は赤くなり、まぶしくお柳を眺めた。嫁入り前のお柳はほっそりした娘だったのに、三年、人の女房だった歳月が、お柳の胸や腰に豊満な線をつけ加えていた。お柳は物腰も落ちつき、臈(ろう)たけた女にみえた。

「知っている家があるから、そこに行きましょうか」

そう言ってお柳は先に立った。五つ年下のお柳の方が、年長者のように振舞っていた。

お柳がみちびいて行ったのは、富ケ岡八幡(はちまん)の前を通りすぎたところにある、東仲町の吉野という小料理屋だった。店の裏に、別棟の離れがあって、二人はそこに通された。

酒が出てからも、お柳はすぐには話というのを持ち出そうとしなかった。店のことを話したり、道蔵の家のことを聞いたりした。お柳はかなり酒をのみ、酔いがまわると機嫌のいい笑い声をたてた。

「お話というのは、何ですか」

しびれを切らして道蔵が言うと、お柳は忠助さんのことなの、と言った。

「忠助？　忠助がどうかしたんですかい」

「おとっつぁんが、忠助さんの嫁になれって言うの」

道蔵は思わず顔色が変るのを感じた。兆して来た酔いが、音たてて身体からひいて行くようだった。

忠助は山藤の子飼いの奉公人ではなかった。浅草北馬道の岩五郎という錺職から、二年前に移って来た男である。政吉という兄弟子が、店を出て外で仕事をはじめたあとだから、親方の藤吉には、手薄になった職人の穴を埋める心づもりがあったのだろう。

藤吉が、岩五郎に懇望して譲りうけたと、そのころ奉公人の間でささやかれたほどで、腕のいい職人だった。無口で、めったに笑顔をみせず、新顔だからと、自分からまわりと打ちとけるということもなかったが、気にいった仕事にかかると、居残りはおろか、夜明けまで仕事場にこもって見事な品を作った。ほかの職人に好かれているとは言えない男だが、忠助の仕事ぶりにはみんなが一目おいていた。

そういう忠助に、道蔵は無関心ではいられなかった。兄弟子が、自分の店を持ったり、ほかに住みかえたりして、一人ずつ出て行ったあとは、道蔵が一番古参になっている。

自然に、親方の指図をうけてほかの職人に仕事を割り振ったり、新米弟子の仕事をみてやったりする役目が道蔵に回って来ていた。道蔵には、居付きの職人のなかの一番弟子の誇りがある。腕でも、新参者の忠助には負けられないと思う意地があった。

思わず顔色が変ったのはそういうことだった。忠助がお柳を嫁にもらい、仕事の指図をするようになったら、その下では働けないと思ったのである。しかしお柳の話がほんとなら、近ぢかそうなることは眼に見えているのだ。

「親方は……」

道蔵は盃(さかずき)を置いて、乾いた唇をなめた。

「忠助を跡つぎにと考えてるんですかい」

「はっきり言わなかったけど、兄さんがあのとおりだからねえ」

とお柳は言った。

お柳の兄の保吉も、同じ仕事場にいる。だが保吉はじき三十にもなるのに、まだ女房をもらう気もない道楽者だった。腕も半ぱで、父親が仕事場にいる間は、神妙に手を動かしているが、何かの用で父親が仕事場からいなくなると、あっという間に自分も姿を消して、夜遅くまで戻って来なかった。

藤吉も、職人たちも、そういう保吉を見て見ぬふりをしている。匙を投げているのだ。だが藤吉ももう年だった。お柳がもどって来たのをしおに、しっかりした跡つぎを欲しいと思いはじめたかも知れなかった。

忠助がその跡つぎにふさわしくないとは言えない。だが、ひそかに張り合っている男が、山藤の跡をつぎ、高嶺の花のように遠くから眺めていた、お柳を女房にするのかと思うと、道蔵は嫉妬で眼がくらむようだった。

「それは、けっこうな話じゃありませんか」

道蔵は微笑した。だがその笑いが、無残にゆがむのが自分でもわかった。道蔵はあわてて盃を取りあげたが、手がふるえた。

お柳がじっとこちらを見ているのを感じながら、道蔵は眼をつむって盃をあけた。お柳がふわりと立ち上がって来たのはそのときである。お柳は道蔵に身体をぶつけるようにして、そばに坐ると、思いつめたような声で言った。

「あたし、あのひとがきらいなの」

そのあとのことを、道蔵はもう一度おさらいするように、胸の中に思いうかべた。それは女房どころか、子供がいれば子供も捨ててもいいと思うほど、眼もくらむほどの愉悦にいろどられたひと刻だったのである。

女を得た喜びだけではなかった。張り合っている男に勝った喜びがあった。お柳をモノにして、藤吉の跡つぎになることまで考えているわけではなかった。そんな先のことまではわからない。

——だが、これであいつに勝ちはなくなったわけだ。

道蔵は、仕事場でいつも気押される感じをうけている、錺師としての腕は、ひょっとすると数等上かもしれない男の顔を思いうかべた。仙台堀にかかるもうひとつの橋を渡り、家がある河岸の町に折れながら、道蔵はくらやみの中で人知れぬ笑いを洩らした。

かすかにうしろめたい気持がうかんで来たのは、路地の奥の自分の家の前まで来たときだった。花園をくぐり抜けて来たような、浮き浮きした気分が、急にしぼんだ。

――いきなりというわけには行かねえやな。

と思った。暗い軒の下から、そこまで道蔵が身にまといつかせて来たはなやかなものと馴染まない、殺風景な暮らしが匂って来る。その匂いが、道蔵がして来たことを咎めるようだった。

道蔵は、しばらく凝然と戸の前に立っていたが、やがて戸を開けて土間に入った。

「お前さん？」

お才の声がして、踊るような影が立って来ると、障子を開けた。お才は足が悪く、歩くと一歩ごとに軽く身体がかしぐ。

「遅かったね」

と、お才は言った。

「うむ、ちょっと納め先のひとと一杯やって来た」

「ご飯はどうしたの？」

「喰った」

道蔵は茶の間に入った。道蔵を待っていたらしく、布巾をかけた膳が、二つ出ている。

「待たずに喰ってりゃよかったんだ」

道蔵は少し不機嫌になってそう言った。見なれた茶の間の光景も、女房のお才も、くすんで色あせて見えた。

外から帰って来た藤吉に呼ばれて、道蔵は仕事場を出ると、母屋の茶の間に行った。

「ま、楽にしな」

きせるを出しながら藤吉がそう言ったが、道蔵はかしこまって膝をそろえていた。藤吉は、莨をつめて、長火鉢の底から火種を拾い出すと、一服つけて深ぶかと吸った。

藤吉は数年前から髪が白くなったが、けむりを吐き出しながらしかめた眉にも白いものがまじりはじめて、けわしい表情にみえた。

道蔵は身体が固くなった。藤吉が、なにか大事なことを話し出す気配を感じたのである。まさか、あのことがバレたのじゃあるまいな、とちらと思った。このところお柳とは三日に一度会っている。

「話というのはほかでもねえが、今日は泉州屋に行って来たのだ」

藤吉がそう言ったとき、台所との境の戸が開いて、お柳がお茶を運んで来た。お柳の母親は、お柳が嫁入ると間もなく病死していて、いまはお柳が女中と台所に入っている。

お柳は顔を伏せたまま、何も言わずにお茶だけ配って出て行ったが、道蔵はその姿を見ただけで、気持が少し落ちつくのを感じた。

「いつもの注文ですか」

「そう。今年は簪(かんざし)を十本だとよ」

泉州屋は尾張(おわり)町に店がある裕福な呉服屋で、毎年いまごろの季節になると、注文をくれる。出入り先の大名屋敷、旗本屋敷の奥向きに贈る品物だから、いい品をつくってくれ、金に糸目はつけないと言われている。

その注文が入ると、藤吉と仕事場で一番腕がいいとみられている職人の二人で、泉州屋の仕事にかかる。納めの期日が迫ると不眠不休で仕上げるのが毎年の例だった。山藤では、一年のなかでもっとも大事な仕事に思われていた。その仕事は、去年もその前も藤吉と道蔵の二人でやっている。

「さて、今年だが……」

藤吉は咳ばらいして、ちょっと黙ったが、急に顔をあげて道蔵をみた。

「忠助一人にまかせてみようかと思っている」

「………」

道蔵は顔を伏せた。来たか、と思ったが、気持は案外に平静だった。お柳からああいう話を聞いていなかったら、屈辱で顔色が変っただろうが、親方のおよその考えは読めていて、気持の用意は出来ていた。

いよいよ眼の前に持ち出されてみると、やはりいい気持はしなかったが、その気持を微笑でごまかすことが出来た。

「けっこうじゃねえですか。あいつは腕がしっかりしているし」

「おめえにそう言ってもらうとありがてえ」

藤吉はほっとしたいろを隠さないで、そう言った。

「はじめは、おめえと忠助の二人にやらせてみようと思っていたのだ。おれもそろそろ年だ。今年あたりはおめえたちにまかせてみようとな」

「………」

「しかし考えてみると、おめえと忠助は手がちがう」

藤吉はいつもと違って、用心深く言葉をえらんでいた。このことが決まり、忠助が別部屋にこもって、泉州屋の仕事にかかるようになれば、ほかの職人の、道蔵をみる眼も変って来るだろう。

藤吉もさすがにそのあたりのことは読んでいて、子飼いの古参職人の気持を、傷つけまいとしていた。

「どっちがいい、どっちが悪いというもんじゃねえが、まかせるならどっちか一人にする方がいいんじゃねえかということでな。それともうひとつ……」

道蔵は、顔を伏せてじっと聞いていた。いよいよ、あれを言うつもりだな、と思った。

「おれも、いざというときのことを考えなくちゃならねえ年になった。だが保吉があてにならねえことはみんなわかっている。さいわいと言っちゃ何だが、お柳がもどって来たのでな。忠助とあれを一緒にすれば、山藤のあとのことは心配ねえ、とこうも考えているわけよ」

「…………」

「おめえがひとり身だったら、おめえでもよかったのだ。腕に不足はねえし、気心も知れている。しかし、おめえはもう所帯持ちだ」

道蔵は、藤吉の言葉をうわの空で聞いていた。はげしい嫉妬に苛(さいな)まれていた。藤吉が言葉でいたわればいたわるほど、その裏側から、ひと眼で忠助の腕に惚(ほ)れこんだ、職人藤吉の気持が浮かび上がって来るように思えたのである。

肩にのばした道蔵の手をお柳ははずした。

「どうしたんだい」

「今日はだめ」

と、お柳は言った。

「どうして?」

「気分がよくないの」

お柳はそっけなく言った。道蔵は仕方なくお柳から離れ、うつむいて盃に酒を注いだが、急に胸が不安に波立って来るのを感じた。

お柳とのことがあるから、藤吉の言葉にも堪えられ、忠助が別部屋で泉州屋の仕事にかかったあとの、職人たちが自分を見る眼にも堪えられたのである。だがお柳にいまのようにすげなくされると、頼りにしていたものが、ひどく心もとないものだったことに気づくようだった。

このうえお柳を失ったりすれば、残されるのは真黒な屈辱しかない。そうなれば、もう山藤にはいられなくなるだろう。道蔵は無言で酒をあおった。

「あんたがわるいのよ」

その様子を黙ってみていたお柳が、そばにすり寄って来て言った。道蔵が見返すと、お柳は眼をあわせたままうなずいた。

「だってそうでしょ？　あんたはおかみさんと別れると言いながら、ちっともそうしてくれないじゃない？」

「…………」

「あたしの身にもなってよ。おとっつぁんに返事しなきゃならないのよ。いったい、どう言ったらいいの？」

「悪かった」

と道蔵は言った。手を出すと、お柳はすぐに白い手をゆだねて来た。

「近いうちに、かならずカタをつける」

「だめ」

肩にのばした道蔵の手を、お柳はまたやわらかくはずした。

「今晩帰ったら言って」

「今夜はもう遅いから無理だ」

「じゃ、明日言ってよ」

と、お柳は言った。

「明日まっすぐ帰って言って。そして話がついたらすぐにここに来て。あたしいくら遅くなっても待ってるから」

「わかった。けりをつけて、必ずここに来るよ」

「そうして。でないと、あたしこのまま忠助さんのかみさんになっちまうから」

「…………」

「うそ。いまのはうそ。明日をたのしみにしてる」

「うん」

「それまで、おあずけね」

お柳は両手で胸のふくらみを抱くしぐさをして、道蔵に笑いかけた。男を狂わせずにおかない、蠱惑に満ちた笑顔だった。

別れてくれなどと切り出せば、お才は必ず泣き狂うだろう。道蔵はずっとそう思っていたのである。

その愁嘆場がいやで、一日のばしに話すのをのばして来ただけである。お才に未練があったわけではなかった。

もともと、二人が所帯を持ったきっかけは、道蔵が足のわるいお才に同情しただけのことだった。そして所帯を持つと間もなく、道蔵は自分の軽はずみを悔んだのである。

女房にしてみると、お才はどこにでもいるような平凡な、面白くもない女だった。そのうえ、ほかの連中のように、花見だ、祭りだと外に連れ歩けるような女房ではなかった。

所帯を持つ前には、道蔵はお才を誘って、洲崎の弁天さまにお参りに行ったり、富ケ岡八幡の祭礼に連れ出したりしたのである。そのときは足のわるいお才と連れ立って歩いていても平気だった。

二人にむけられる好奇の眼に、道蔵の気持はかえってふるいたち、そういう眼を逆ににらみ返しながら歩いた。相手の方が、道蔵ににらまれて、あわてて眼をふせた。

――おれがかばってやらなきゃ、この女をかばってやる者は誰もいない。

そう思い、昂然と胸を張っていた。盗みみるようにこちらをみる眼をはね返したり、無視したりすることは、むしろ快いことだったのである。

だが所帯を持ってから間もなく、お才を連れて近くの縁日に行ったとき、道蔵は、二人を見くらべるようにするあたりの眼を、前のようにははね返せなくなっている自分に気づいたのだった。

なぜそうなのかはわからなかった。ただ道蔵には、あたりの眼が、あわれな娘をかばう健気な若者をみる眼ではなく、この程度の女しか女房に出来なかった男を、あわれんでいる眼に変ったのを感じたのである。

その視線は、針のように道蔵の胸を刺した。道蔵はその場にいたたまれないような気になり、眼を伏せ、足のおそいお才の袖を邪険にひっぱりながら、早々に家にもどった。

その夜以来、道蔵はお才と連れ立って外に出たことはない。どうやらはやまったことをしたらしい、と思ったのはそのころである。

気がつくと、あたりには足など悪くない、丈夫でピチピチした娘がいくらでもいた。その悔恨は、しばらく道蔵を苦しめた。そして月日が経つ間に、だんだんにあきらめに変りはしたが、はじめの悔恨は、根深く道蔵の気持の底に残ったのである。

だから、お柳と身体のつながりが出来たときも、やましい思いに責められたのはほんの はじめの間だけのことで、すぐに平気になった。バレたらバレたでいいさ、と思った。それでお才がおれを責めるようだったら、もっけのさいわいに別れ話を持ち出すだけだと思っていた。

だがお才は何も気づかないようだった。したがって、別れ話を持ち出すきっかけはなかなかやって来なかったのだ。

それならこちらから切り出すしかないのだが、それがむつかしいことだったのだ。何も気づいていないお才にむかって、そんな話を切り出せば、間違いなくひどい愁嘆場になるだろう。女に泣かれるのは、辛くおぞましいことだった。一ぺん我慢すれば済むことだと思いながら、道蔵は踏み切れなかったのである。

だが道蔵は追いつめられていた。泣こうが喚こうが話すしかないと思った。口を切ったのは、家にもどって、膳に坐る前である。

だが、お才は泣かなかった。大きな声も立てなかった。小さい声で問い返して来た。

「女が出来たんだね」

「…………」

気押されたように、道蔵はうなずいた。静かなお才が、これから何を言い出すかと身構えていた。

お才は道蔵から眼をそらすと、ふっとため息をついた。そしてやはり小さい声で言った。

「気がついていたのよ」

「そうか。それじゃ言うことなしって言うわけだな」

「あたしね」

お才は道蔵の言葉にかまわずにつづけた。

「ずっと前から、いつかこんなふうな日が来ると思っていた」

「…………」

「だから、仕方ないよ。その日が来たんだもの」

お才はうなだれると、しばらくみじろぎもせずに坐っていたが、やがて立ち上がった。道蔵が見ていると、お才は隣の寝部屋に行った。しばらく物をかたづける小さな物音がひびいて来たが、すぐに風呂敷包みを抱えてもどって来た。

お才は膝をついて、軽く道蔵に頭をさげると、そのまま土間に行った。はじかれたように、道蔵は立ち上がった。

「何も、今日出て行かなくともいいだろう」

「…………」

「そうか。じゃ飯ぐらい喰って行けよ」

お才は履物をさがしながら、やはり、首を振った。

「行く先のあてはあるのか」

「…………」

「おい」

外に出たお才に、道蔵は鋭く呼びかけた。

「どんな女だと、聞きもしねえのか、おい」

ちらとお才が振りむいた。微かに笑ったようだったが、そのまま姿が消えた。

──なんだ、いやにあっけねえじゃねえか。

部屋にもどると、道蔵はがっくり疲れて腰をおろした。ぐさりとやられたような気持が残っている。お才が出て行ったのでなく、こちらが見捨てられたような気がした。これでかたづいたという喜びはなく、うつろなものが胸を満たして来た。

部屋の中に、膳が二つ向き合っているのを、道蔵はぼんやりと眺めた。夫婦なんてこんなものかね、と思った。向き合って飯を喰ってるはずだったのに、もう他人でいやがる。

道蔵は上体をのばして、膳にかかっている布巾をめくってみた。そして里芋の煮つけがのっているのをみると、小皿からつまんで口にほうりこんだ。膝を抱いて、道蔵は口を動かした。

飯を喰う気は起きなかった。いまごろは、お柳が小料理屋の離れに行っているだろうと思ったが、駆けつける気にもならなかった。なぜか、お柳との間にあったことが、他人ごとのように白じらしく味気ないものに思えて来るようでもある。口の中のものをのみこむと、道蔵はそのままぼんやりと物思いにふけった。思いうかべたのは、お才と知り合ったころのことだった。

お才は、道蔵が兄弟子の政吉に連れられて、はじめて飲みに行った、赤提灯の飲み屋で働いていた。わるい足をひきずりながら、懸命に動きまわるのだが、それでも動作はひと呼吸おくれて、店の者にも客にもどなられていたのだ。

ある夕方、ひとりでその店に行った道蔵は、店の横の路地に、お才がうずくまって、前掛けで顔を隠しているのを見た。そこは飲み屋の裏口の前だった。うす闇の底に、小さくうずくまって動かないお才の姿を見ているうちに、道蔵は胸がつぶれるような気持に襲われたのだった。

だが道蔵が近寄って行くと、お才はすばやく顔をぬぐって立ち上がった。そして黙って道蔵を見上げたが、その眼には悲しそうないろはなく、挑みかかるようなはげしい光が、道蔵をたじろがせた。誰も信用していない眼だった。お才が孤児で育ったことを、道蔵は耳にしている。ただ自分だけをはげまして、生きて来たのだな、と道蔵は思ったのである。

——間違(まちげ)えねえでもらいたいな。おれは味方だぜ。

道蔵はそう思い、その気持をどう伝えたらいいかわからずに、お才とにらみ合うように向き合ったまま、いつまでも立ちつづけたのであった。

——たった一人の味方かね、おい。

道蔵はこみ上げて来る苦い笑いに口をゆがめた。一人になってみてはじめて、自分がお才に何をしたかが見えて来たようだった。道蔵は不意に聞き耳を立てた。雨が降っている。

道蔵は立ち上がった。立ったまま、雨に濡(ぬ)れる日暮れの道を遠ざかるお才の姿を、しばらく眼の奥で追っていたようである。道蔵はのろのろと土間に降りた。だが傘をつかむと、いきなり外に走り出した。

河岸にも、万年町にわたる橋の上にも、突然の雨に驚いた人影が、右往左往している。道蔵は一たん橋袂（はしたもと）まで出ると、橋を渡って万年町まで行った。だがお才らしい姿が見えないのを確かめると、また橋を走り抜けて、今度は霊岸寺の門前まで行った。走りながら、丹念に家々の軒下までのぞいたが、お才の姿は見当らなかった。道蔵はまた橋までもどり、今度はさっき来た河岸の道を西に走った。

走っているうちに、ばったりと雨がやんで、急に日が射（さ）して来た。いっときのにわか雨だったようだが、道蔵は走るのをやめなかった。西空の底に、おしつぶされたように沈みかけている日にむかって走りつづけた。

伊勢崎町の長い町並みを走り抜け、堀割をひとつ渡って、仙台藩屋敷の横まで来たとき、道蔵はようやく目ざしていたものを捜しあてた。塀ぞいの長い河岸道のむこうに、お才の姿が小さく動いていた。

道蔵は立ちどまった。お才はどこに行こうとしているのだろうか。大川の向こうの空から、束になって流れこんで来る赤い日射しの中を、一歩ごとに身体を傾けながら、懸命に遠ざかって行く。道蔵はまた走り出した。

追いつくと、前に回って行手をさえぎった。お才の驚いた顔が、変に子供っぽくみえた。荒い息が静まるのを待って、道蔵は言った。

「傘持って来たが、無駄だったな」

お才は黙って道蔵を見上げていたが、道蔵が、さあ帰ろうと手を出すと、静かに後じさった。

「ほどこしをするつもりなら、やめてね。あわれんでもらいたくないもの」

「ちがう、ちがう」

と道蔵は言った。さっきの奇妙に心細かった気持を思い出し、その中に夫婦にとってかけがえのないものが含まれていた気がしたが、そのことをどう言ったらいいかわからなかった。やっと言った。

「とにかく、おれも一人じゃ困るんだ」

お才は黙って道蔵を見返したが、不意に風呂敷包みを取り落として手で顔を覆うと、背をむけて蔵屋敷の塀の下にうずくまった。

お才は声を出して泣いていた。お才の泣き声を聞くのははじめてだった。風呂敷包みを拾い、雨に濡れたお才の髪と肩が小さくふるえるのを、ぼんやり眺めながら、道蔵は山藤の店をやめようと思っていた。ほかの店でやり直すのだ。

そう思うと、店も、小料理屋で待っているかも知れないお柳も、遠い景色のように小さく思われた。泣くだけ泣いたお才が、手に取りすがって来たのを、道蔵は握り取って歩き出した。そのときになって、やっとひとつ思いうかんで来たことを、道蔵は大きな声で言った。

「夫婦ってえのは、あきらめがかんじんなのだぜ。じたばたしてもはじまらねえ」

道蔵の言葉をどう受け取ったかはわからない。ただお才はめずらしく晴ればれとした笑顔で道蔵を見上げた。

西應寺(さいおうじ)の桜

山本一力

山本一力（やまもと・いちりき）

一九四八年高知県生まれ。九七年に「蒼龍」でオール讀物新人賞、二〇〇二年に『あかね空』で直木賞を受賞。著書に『大川わたり』『欅しぐれ』『だいこん』『辰巳八景』『銀しゃり』『研ぎ師太吉』『ほうき星』『五二屋傳蔵』『紅けむり』『まねき通り十二景』『菜種晴れ』『晋平の矢立』『夢曳き船』『草笛の音次郎』『花だいこん』『ほかげ橋夕景』『ひむろ飛脚』『亀甲獣骨　蒼天有眼　雲ぞ見ゆ』『落語小説集　子別れ』、「たすけ鍼」「ジョン・マン」「損料屋喜八郎始末控え」シリーズなど。

一

嘉永七（一八五四）年二月四日。昨日の節分を待っていたかのように、朝の寒さがゆるんだ。

「湯の加減を今朝は少しぬるめにしたが、どうだ、冷たくはないか」

連れ合いの手を交互にたらいにつけながら、邦太郎は穏やかな口調で問いかけた。

千乃はまぶたひとつ動かさない。動かなくても、邦太郎は湯のぬるさを千乃は嫌ってはいないと察した。

連れ合いはものが言えず、身体を動かすこともできない。すべては邦太郎が妻の感じていること、望んでいること、いやがっていることを察するほかはなかった。

いまのわたしなら、千乃が望んでいることは九割方、察することができる……

妻の両手をぬるま湯につけながら、邦太郎は深呼吸をした。

吐き出した息が、白くは濁らない。

春まだきでも、立春は立春だと邦太郎はあらためて思った。

住まいは押上村の小山の裾である。二十坪の庭の先がその小山で、山裾の眺めが見事な借景となっていた。

自宅の庭には、三本の梅が植わっている。昨日に比べて、つぼみの膨らみ方はわずかながらも大きくなっていた。

「この陽気が数日続いてくれれば、うぐいすも寄ってくるぞ」

邦太郎は千乃の手の握り方を強めた。

千乃が発病したのは四年前の嘉永三年のことだ。病の床についたとはいえ、去年の七月までは口をきくことはできていた。

病状がいまのように身体も動かせず、口もきけないほどにひどくなったのは、嘉永六年の七月二十日である。

容態が悪化した初めのころは、どう看病を続ければいいかが分からず、邦太郎はひどく戸惑った。

なにしろ千乃は突然口がきけなくなり、指先を動かすことすらできなくなったのだ。妻の気持ちを汲み取ることができず、自分の思いも伝わっているかどうかが分からなくなったのだ。

苛立ちのあまり、ついつい声を荒らげたりもした。しかし邦太郎がどれほど声を尖らせても、目つきを険しくしても、千乃の表情はいささかも変わらなかった。

その無表情さに、邦太郎はなおさら苛立ちを募らせた。が、半月が過ぎたとき、不意に思い当たった。

千乃も同じように、苛立ちをわたしにぶつけたいに違いない。したくても、それができない。

身の内にたぎる怒りを、目の色にすら表すことができずにいる。

喜びも悲しみも、怒りも、すべては胸の内とあたまのなかに留めおくことしか、千乃はできなくなっている……。

真夜中に妻のつらさに思い当たったとき、邦太郎はひとり縁側に出た。濡(ぬ)れ縁にしゃがみこみ、漏れる嗚咽(おえつ)を右手で押さえつけた。

翌朝から、邦太郎は努めて穏やかな物言いをするようになった。達者なころの千乃が大好きだと言った、落ち着いた口調で話しかけるようになった。

妻の表情は、いっさい変わらなかった。それでも邦太郎は、達者だったころの千乃を思い描き、穏やかに、低くてよく響く声で話しかけた。

「あなたの低くて響きのよい声と、落ち着いた話し方がとっても好きです」

達者だったころの千乃は、五十路(いそじ)を過ぎたあとでもこれを口にした。

「まったく、幾つになったんだよ」

息子の浩太郎(こうたろう)はわざと顔をしかめたが、内心では両親の仲が幾つになっても睦(むつ)まじいことを喜んでいたらしい。

千乃が病の床に臥(ふ)せったあとの浩太郎は、ことあるごとに「邦太郎命」を隠さない母親のことに言い及んだ。

話すときの浩太郎は顔つきも物言いも、達者だったころの千乃を……五十路を越えても邦太郎を好きだと言ってはばからない母を、強くなつかしんでいるかに見えた。

「母は元通りにならないんですか」

浩太郎は、詰問口調で主治医に迫った。

「千乃殿の気力と体力次第としか申しようがありませぬ」

どれほど強く迫られても、医者は快方に向かうとは言わなかった。

見立ては、不幸にも正しかったというべきだろう。千乃の容態は快方には向かわず、いきなり身体が動かなくなった。

邦太郎の手を握り返せないのはもとより、しゃべることすらできなくなった。

「山裾の気配が、春近しを感じさせてくれているぞ」

千乃のわきから立ち上がった邦太郎は、腰に手をあてて背筋を後ろに反らせた。

小山の裾では農夫が枯れ草焼きを始めていた。白い煙が真っ直ぐに立ち上っているのは、風のないあかしだ。

小山の裾に暮らす農夫が枯れ草焼きを始めれば、春は急ぎ足で押上村にやってきた。

「この陽気が続いてくれれば」

邦太郎は空を見上げた。柔らかな春の天道（てんとう）が、東の空の低いところにいた。空に雲はおらず、陽（ひ）をさえぎるものはなにもない。

庭を照らす陽光は、真冬とは明らかにぬくさの具合が違っていた。

「何日かのうちには、きっとうぐいすも寄ってくるだろう」

邦太郎はつい先刻言ったことを、また口にした。

梅の木にとまったうぐいすを初めてみたとき、千乃は小声で邦太郎を呼んだ。すでに病の床にはあったが、まだ身体は動いたし、口もきけた。

「結構なところに越してきました……」

千乃の口から、喜びの言葉がこぼれ出た。

その声をもう一度聞きたくて、邦太郎はうぐいすを待ち侘（わ）びていた。

枯れ草焼きの煙は、空をめがけて真っ直ぐに立ち上っている。押上村の立春は、まことに穏やかだった。

二

邦太郎の見立ては見事に当たった。

立春を過ぎたあとは、日を追って暖かさが増した。

「今日は庭に出てみようじゃないか。野を渡ってくる風も、すっかり春だ」

特製の車椅子（くるまいす）に千乃を乗せて、三本並んで植わっている梅の古木に寄った。

二月六日の今朝は、おとといよりもさらに梅のつぼみが膨らんでいた。あと少し陽のぬくもりを浴びただけで、すぐにも弾（はじ）けそうな膨らみ方である。

「ごらん、あのつぼみを」

邦太郎は車椅子の背当てを一段起こした。鉄の歯車がひとつ進み、カチッと音を立てて背当ての位置が定まった。

「あれだけ陽を浴びていれば、明日には花を咲かせるかもしれない」

車椅子の取っ手を摑（つか）んだまま、邦太郎は小枝のつぼみを見詰めた。

千乃は背当てに身体を預けていた。

車椅子が心地よいのか。それとも野を渡ってきた風に、春近しを感じ取っているのか。

表情はほとんど変わらない。それでも千乃は庭で陽を浴びているいまこのときを、喜んでいるのは間違いなかった。

車椅子の取っ手越しに、千乃が心地よさげにしていることが伝わってくる。

車椅子を誂えてよかった……。

邦太郎は取っ手を握る手に力をこめた。

邦太郎は長男浩太郎に家督を譲るまでは、摺り屋夕星屋の四代目当主だった。

邦太郎が紙問屋美濃屋三女の千乃と祝言を挙げたのは、元号が文化から文政へと改元された直後の、文政元（一八一八）年四月二十五日である。

十四年も続いた文化年間は、十五年目の四月二十二日に文政へと改元された。

将軍は十一代家斉のままである。

「さらに江戸の景気をよくするために、縁起かつぎの改元だそうだ」

「そいつはありがてえ。景気がよくなってくれりゃあ、おれの手間賃も上がるからよう」

改元を江戸町民はこぞって喜んだ。この改元を広く報せるために、公儀は江戸の読売（瓦版）版元を督励し、号外を大量に摺らせた。

夕星屋は摺り屋で、美濃屋は紙問屋。花嫁花婿ともに、号外の大量摺りは商いが大きく伸びる好機である。

「二十五日に控えた両家の祝言は、まことに縁起のよろしい取り合わせですなあ」

邦太郎と千乃の祝言は、周りから大いに喜ばれた。

夫婦仲はまことに睦まじい。夫婦のみならず、嫁の千乃と姑とは実の母娘のように遠慮のない物言いを交わした。

先代夫婦も邦太郎・千乃同様に、仲はすこぶる睦まじかった。しかし授かったこどもは、邦太郎ただひとりだった。

そのことを引き合いにしながら、姑は何人でも多くの子宝を授かるようにと、嫁に言い聞かせた。

「何人授かっても、うちの身代はびくともするものじゃありません。丈夫な子をたくさん生んでくださいね」

「あたしの腕が痛くなるような、丈夫な孫を授かってください」

嫁にあれこれとやさしい言葉をかけていた姑だったが、祝言の年（文政元年）の晩秋に心ノ臓の発作で急逝した。

急に冷え込んだことが、姑の身体に不具合を生じさせたのだ。

強く望んでいた孫を、姑は腕に抱くこともかなわぬまま逝去した。

連れ合いの急逝で、先代はひどく気落ちした。しかし文政三年の五月には、二年ぶりに元気を取り戻した。

邦太郎と千乃の間に、長子浩太郎を授かったからだ。

先代は邦太郎以上に喜んだ。授かった孫は、姑の生まれ変わりだと思っていたのかもしれない。

「大したお手柄だ」

「これでわしも、夕星屋の五代目を案ずることはなくなった。ご先祖様への責めを果たすことができた」

跡取りを授かっただけでは、まだ先祖への務めは終わっていない。跡取りが嫁を娶り、その嫁が跡取りを授かって初めて責めを果たしたことになる……長子ひとりしか授からなかった先代は、かしこまった口調で邦太郎に言い聞かせた。

しかし喜びようは並のものではなかった。

「奉公人に等しく銀十匁（もんめ）（八百三十文相当）ずつの小遣いを配りなさい」

先代はこれを頭取番頭に指図した。

江戸の絵草子・黄表紙・読売の摺りの四割近くを、夕星屋は請け負う大手である。奉公人は摺り仕事にたずさわる職人だけでも、三十人を超えていた。丁稚（でっち）小僧まで含めれば七十人の大所帯である。全員に銀十匁を手渡すとなれば、十二両に届くほどの小遣いだ。

どれほど先代が跡取り孫の誕生を喜んだかが、この振舞いからも察せられた。

「早々と跡取りを授かったんだ。あとは男でも女でも、好きなだけ生んでくれ」

先代は横たわった千乃を、目を細くして見詰めた。

「何人授かろうが、夕星屋の身代はびくともするもんじゃない」

生前の姑と同じことを口にした。

千乃は床のなかでうなずいた。

しかし授かった子宝は先代同様、長子ひとりだけとなった。

文政六年十月下旬。先代は臨終の床にありながらも、千乃にこどもを多く授かるようにと言い置いた。千乃はきっぱりとうなずいた。

が、没した先代との約束は果たせなかった。浩太郎は息災に育ったが、あとの子は授からず仕舞いとなった。

浩太郎十一歳の文政十三年十二月十日。またもや将軍家斉は、改元を断行した。文政十三年は天保元年と改められた。

暮れも押し詰まっての改元は、夕星屋には商いの好機というよりも、ありがた迷惑そのものだった。

新年の客をあてこみ、どこの版元も新刊の絵草子や黄表紙の摺りを、夕星屋に発注していた。毎年の大事な商いゆえ、夕星屋の手代たちは新刊の受注商いに飛び回った。

十一月中旬には、年末仕事をこなす臨時雇いの摺り職人と彫り職人の手配りは、抜かりなく終えていた。

紙の仕入れは、千乃の実家美濃屋が例年通りに引き受けてくれた。

「これで案ずることはございません」

頭取番頭から段取りを聞かされた邦太郎は鷹揚にうなずき、手配りの労をねぎらった。

商いの差配はすべて番頭に任せるのが、大店当主の器量である。邦太郎は自分より十歳年長の頭取番頭喜ノ助に、全幅の信頼を寄せていた。

喜ノ助の差配は万全で、摺りも彫りもとどこおりなくはかどっていた。ところが十二月十日の改元で、事情が激変した。

「夕星屋さんにお願いするほかはない。なんとか助けてくだされ」

読売の版元と暦屋に、連日泣きつかれた。

「里に相談してみましょう」

千乃は実家と掛け合った。

「原田屋の頭領なら顔つなぎできるが、うまく運ぶかどうかは分からないぞ」

実家を継いでいた千乃の兄は、懇意にしている摺り職人・彫り職人の頭領、維助と邦太郎を引き合わせた。

天保元年当時、邦太郎は三十七歳。原田屋維助も邦太郎と同い年だった。

三十七歳の若さで、維助は配下に十五人ずつの摺り職人と彫り職人を擁していた。

　維助の抜きん出た技量と男気たっぷりの人柄を慕って、江戸の方々から職人が原田屋に押しかけていた。

「職人を臨時雇いで出すわけにはいきやせんが、うちが夕星屋さんの下請けについてもようがすぜ」

　維助の申し出を多とした邦太郎は、膝（ひざ）に両手をのせ、深い辞儀で礼を伝えた。

　この一件がきっかけとなり、夕星屋と原田屋との付き合いが始まった。

　天保六（一八三五）年、邦太郎本厄の年に頭取番頭喜ノ助が没した。

「職人がうろたえねえように、しばらくはあっしが仕事場を預かりやしょう」

　維助はこの年の年末仕事を終えるまで、夕星屋の仕事場差配を受け持った。見事な采配ぶりに職人たちは感服し、頭取番頭逝去の難儀を乗り切ることができた。

　浩太郎が二十五歳となった天保十五年秋に、維助の長女みそのとの縁談がまとまった。父親の名代で何度も原田屋をおとずれているうちに、互いに思い合う仲になっていた。

「またとない良縁です」

「職人の娘が大店に嫁ぐなんぞ、ふたつとねえありがてえ話でやす」

当人たち以上に親が喜んだ縁談は、年明け早々に挙式と決まった。

浩太郎二十五歳、みそのは二十歳。五歳違いは、奇しくも邦太郎・千乃と同じだった。

このうえなき良縁だと、周囲も大喜びをしたが……。

老中水野忠邦主導で断行した「天保の改革」が頓挫した。水野に改革を指図しておきながら、将軍家慶は水野を罷免。

十二月二日に弘化へと改元した。

天保に引き続き、またもや忙しない師走の改元となった。

「わたしのときも、祝言と改元がぶつかったが、これはなによりの吉兆だ」

邦太郎は縁起がいいと、大いに喜んだ。

浩太郎とみそのは、深く思い合って添い遂げたふたりである。所帯を構えたあとも、すこぶる夫婦仲は睦まじかった。

みそのは祝言から二年後に、夕星屋六代目跡取りとなる太一郎を授かった。

祝言二年後に跡取り男児を授かったのも、千乃と同じである。

「あたしは何人でも多く子宝を授かりなさいと、お姑さんから言われました。好意から言ってくださっているのは分かりましたが、正直なところ、言われて窮屈でした」

千乃は余計なことはいわず、若い夫婦を見守った。

「いつだか親仁様に言われたことが、いまようやく呑み込めた」

息子を授かるだけでは駄目だ。息子に嫁を娶らせ、孫の誕生を見届けてこそ、先祖への責めを果たしたことになる。

邦太郎は先代に言われたことを、浩太郎に伝えた。自分のとき同様、浩太郎はいまひとつ得心していない様子だった。

浩太郎は五尺七寸（約百七十三センチ）の大男だ。みそのも父親の維助譲りで五尺三寸（約百六十一センチ）の上背があった。

両親の大柄ぶりを受け継いだのだろう。太一郎は五歳の七五三祝いのときには、三尺五寸（約百六センチ）にまで育っていた。

夕星屋の菩提寺は芝神明の西應寺である。芝の神社に太一郎の七五三参りをしたあと、菩提寺を墓参でおとずれた。

「さぞやご先祖は、喜んでおいでじゃろう」

住持は本堂で、太一郎の七五三を祝う読経をしてくれた。

太一郎七五三の嘉永三年は、めでたい年の瀬を迎えるはずだった。

が、師走に入った早々に、千乃が倒れた。

「身体がうまく動きません」

倒れたままの千乃を、邦太郎と浩太郎は寝間まで担いで運んだ。すぐに主治医が呼ばれたが、医者は固い顔つきを崩さなかった。

「千乃殿は、あたまのなかの細い血筋が破裂したようです」

蘭学を修得していた医者は、快復する見込みはきわめて薄いと見立てた。

「まことに申し上げにくいが、さらに症状は悪化することが案じられます」

ほかの医者に見立ててもらっても結構ですと言い残して、主治医は帰った。

年末の忙しいさなかに倒れたことを、千乃は邦太郎に詫びた。

「ばかなことを言うんじゃない。思い煩うことが、一番おまえの身体に障るそうだ」

邦太郎は千乃に笑いかけた。千乃も懸命に笑みを浮かべようとしたが、溢れる涙に邪魔をされて笑うことができなかった。

邦太郎は何人もの医者をたずねて、千乃の容態を話した。胸のうちでは、主治医の誤診を願っていた。しかし……。

「蘭学を学んだ医者の見立てなら、間違いはないでしょう」

蘭学と聞いただけで、腰がひけたのかもしれない。邦太郎がたずねたどの医者も、主治医の見立てを支持した。

嘉永四年元日。邦太郎は浩太郎に家督を譲ると申し渡した。

「わたしは千乃の看病に専念する」

七草明けに、邦太郎は出入りの車屋に出向いた。夕星屋は重たい紙を扱う家業である。荷物運びには、出来のいい荷車が欠かせなかった。

小網町（こあみちょう）の車屋とは、夕星屋先代からの付き合いである。邦太郎がおとずれると、頭領は手をとめて応対した。

「千乃を乗せて江戸のあちこち歩き回れる、車つきの椅子（いす）を誂え（あつら）てもらいたい」

そのまま川船にも乗れるように、小型で軽い車椅子。背当ては何段にも倒せる工夫がほしいと、邦太郎は細かく注文をつけた。

「引き受けやしょう」

千乃の発病を憂えていた頭領は、知恵の限りを尽くして仕上げると請け合った。

仕上がりは見事で、千乃を乗せて外出ができるようになった。

嘉永四年三月下旬。邦太郎は車椅子を押して、西應寺をおとずれた。家督を譲ったあいさつのためである。

三月まで待っていたのは、桜の時季にたずねようと決めていたからだ。

「きれいだこと……」

車椅子に乗った千乃のあたまに、無数の花びらが舞い落ちた。

翌嘉永五年の一月中旬に、邦太郎と千乃は押上村に転居した。町中よりも田舎のほうが、千乃の療養には適していると、主治医に強く勧められたからだ。

息子や孫と別れて暮らすことに、千乃は難色を示した。が、下の始末をしてもらっている姿を太一郎に見られたことで、転居を受け入れた。

向島の大尽が寮（別宅）として普請した建家である。二十坪の庭には、梅の古木が三本も植えられていた。

「花が咲くと、向こうの小山からうぐいすが飛んできます」

前の持ち主は、梅とうぐいすの取り合わせまでも考えて普請していた。

暮らし始めてひと月少々で、梅が咲いた。周旋屋が言った通り、山からうぐいすが飛んできた。

鳴き声を聞いたとき、千乃は初めて心底から村の暮らしを喜んだ。

暮らし始めて一年半が過ぎた、嘉永六年六月三日。浦賀に黒船が来襲した。

江戸は大騒ぎになった。

「だれもが浮き足立っていますから、まことに言いにくいのですが、親仁様にどっしりと構えていてもらいたいのです」

浩太郎の頼みを引き受けるに当たり、邦太郎は看護役をふたり呼び寄せた。いずれも夕星屋の女中で、千乃も気心がしれていた。

手助けに出ることは、千乃も強く求めた。

「なにとぞ、浩太郎の力になってあげてください」

母親がひとり息子を案ずる気持ちには、格別のものがある。一刻も早く夕星屋に戻ってやってほしいと、邦太郎の背中を押した。

六月初旬から七月下旬まで、ほぼ二カ月にわたり邦太郎は千乃と離れて暮らした。

騒動も鎮(しず)まり押上村に戻ったとき、邦太郎は蟬(せみ)しぐれに迎えられた。

「久しぶりに、あなたの声が聞けました」

押上村に帰った夜、邦太郎は千乃のわきに敷布団(しきぶとん)を並べた。薄掛けの隙間(すきま)から手を差し入れて、千乃の手を握って眠った。

容態が激変したのは、雷雨の襲撃を受けた夜のことである。

野分(のわき)の暴風にも怯(おび)えない千乃だが、雷は心底怖がった。

蒼(あお)い稲妻が走り、小山の杉に何度も落雷した。雨戸の隙間からなだれ込んできた凄(すさ)まじい音と、不気味な光。それらが千乃に襲いかかった。

雷雨が過ぎ去ったとき、千乃はまったく身動きができなくなっていた。あたまの血筋が、恐怖のあまりに幾つも破裂したからだ。

病は千乃から、しゃべることまでも奪い取っていた。

「今年も遠からず、うぐいすの鳴き声が聞けるぞ」

話しかけても、もちろん千乃は返事をしない。それには邦太郎は慣れていた。

しかし千乃の無表情のなかには、なにか思い詰めたような気配が浮かんでいた。つい先ほどまでは、心地よさそうに背当てに身体を預けていた。いまも形は同じである。しかし邦太郎から違和感は消えなかった。

いったいなにを案じているのか？

邦太郎は思案をめぐらせた。真っ先に思ったのは、夕星屋のことである。千乃の心配事といえば、浩太郎にほかならない。

しかし夕星屋の商いは、すこぶる順調に運んでいた。

今年（嘉永七年）は正月早々、黒船が再び来襲した。その顚末(てんまつ)を報(しら)せる読売は、江戸中で飛ぶような売れ行きとなった。

夕星屋の商いも、千乃の実家美濃屋の商いも、年初から大きく売り上げを伸ばしていた。千乃もそのことは知っている。邦太郎が何度も話しているからだ。

返事は返せなくても、話を聞いて吞み込むことはできる。

千乃が息子を案ずるいわれは皆無だった。

西應寺のご住持に相談してみよう……。

つぼみを膨らませている梅の小枝を見ながら、邦太郎は芝行きを決めた。

三

嘉永七年弥生(やよい)三月の江戸は、月初から晴天に恵まれた。月の半ば、十五日から咲き始めた桜は、二十日にほぼ満開となった。

桜吹雪(ふぶき)を巻き起こす春風は、満開の手前で何度も吹き渡った。が、幸いなことに今年の風は弱かった。

三月二十日の七ツ半（午後五時）前。邦太郎と千乃は尾張町の料亭『菊水』の庭で、満開の桜を見上げていた。

広い庭には、二十本の雪洞(ぼんぼり)が立っていた。百目ろうそくで、桜を照らす雪洞である。

陽が西空に沈み行くにつれて、庭の桜は宵闇(よいやみ)に包まれ始めていた。

「いよいよ明かりが灯(とも)される。雪洞に照らされた夜桜は、また格別だぞ」

邦太郎は車椅子の背後から、ろうそくを灯そうとしている下男の動きを指し示した。

千乃はしかし、目を閉じていた。

ふうっ……。

車椅子の取っ手を握ったまま、邦太郎は吐息を漏らした。ため息に近い吐息だった。

今日は朝の五ツ半（午前九時）に押上村を出たあと、両国広小路・深川・日本橋と、賑やかな場所を幾つも見て回った。

押上村に引っ込んでばかりでは、千乃の気が滅入る。たまには賑やかな場所に出向くのもいいのではないか……西應寺の住持に勧められての外出だった。

念入りに気を配って千乃の表情を見ていたが、人混みを嫌っている様子はなかった。さりとて、楽しんでいるふうでもない。

反応が乏しいのは承知の上だが、それでも邦太郎はやはり落胆を覚えた。この日の外出のために、少なからず手配りを重ねていたからだ。

七ツ前には菊水に入った。

満開の桜は風にいたぶられることもなく、枝が見えないほどに咲き誇っている。

「花なら桜が一番。豪勢に咲いて見事に散る、あの散り際が大好きです」

桜がなによりも好きだという千乃に、ぜひとも菊水の桜を見せてやりたかったのだ。

しかし千乃は相変わらずの無表情で、嬉（うれ）しさは車椅子の取っ手に伝わってはこなかった。

こらえていた吐息が、立て続けに邦太郎から漏れた。

菊水は五百坪の庭に築山まであり、池を取り囲む形で二十本の桜が植えられていた。わざわざ外に出向かずとも、菊水の庭で花見ができる。それがこの料亭の売り物だった。

離れも三棟が普請されている。馴染（なじ）み客はここに泊まり込み、内湯につかりながら暮れなずむころの桜見物ができた。

朝は朝で、昇りくる朝日を浴びた桜を、朝湯につかりながら愛（め）でる。桜見物の時季には、特製の朝餉（あさげ）も供した。

しかし離れの数は限られている。どれほどカネを積もうとも、女将（おかみ）は一見客（いちげんきゃく）や振舞いのよくない客を離れに泊めはしなかった。

夕星屋は先々代から三代にわたり、菊水を贔屓（ひいき）にしてきた。

「お役に立つなら、何泊でもお使いください」

千乃と一緒に泊まりたいとの頼みを、女将は即座に聞き入れた。

夕星屋が筋のよい馴染み客であったことも、女将が快諾したわけのひとつだ。それにも増して、つきっきりで邦太郎が千乃の世話をしていることに、女将は強く打たれていた。

「それではまことに厚かましいお願いだが、三月二十日から二泊させていただきたい」

邦太郎が離れの宿泊を頼んだのは二月十日、西應寺からの帰り道だった。賑やかな場所に連れ出して、気分を変えてあげてはどうか……住持の勧めを、邦太郎はしっかりと受け止めた。

どうせ出かけるなら、桜満開のころがいい。そう考えたとき、最初に浮かんだ思案が菊水の離れに泊まることだった。

女将の快諾が得られたことで、邦太郎はあれこれ行き先を思案しつつ押上村に帰った。

外出は三月二十日から二泊である。菊水の離れに泊まりながら、周辺の桜を見て歩く。

　行程を幾つも考えたあと、夕星屋出入りの船宿に相談を持ちかけた。

「屋形船を新造したばかりでやす。それを二十日から二十二日まで、好きに使ってくだせえ」

　船宿のあるじは、一番の腕利き(うでき)を船頭につけやしょうと胸を叩(たた)いた。

　屋形船なら、車椅子からおろすことなく乗船できる。そして貸切の屋形船なら、どこにでも横付けできる。

「三月二十日の五ツ半に、押上村の船着き場に回してもらいたい」

「がってんでさ」

　これで千乃の外出の足が確保できた。

　残る心配は天気だった。雨にたたられたり、強風に見舞われたりしたら、外出取りやめも考えなければならない。

　こども時分以来、五十数年ぶりに、邦太郎はてるてる坊主を拵(こしら)えた。紙は極上の美濃紙を奢(おご)った。吊(つる)したのは三月十五日である。

　効き目は抜群で、弥生の空は底抜けの晴れが続いた。

三月二十日も、もちろん夜明けから晴れた。晴れただけではなく、風も吹くのを思いとどまってくれた。

「おまえのおかげだ」

出かける前、邦太郎はてるてる坊主に金色の鈴をつけて礼を言った。

晴天につられたのか、どこに出向いても凄まじい人混みだった。が、満開の桜の見事さが、足の疲れを吹き飛ばしてくれた。

中食は屋形船で摂った。日本橋弁松にあらかじめ注文しておいた、赤飯弁当である。強い味付けの玉子焼きは、ごま塩を振った赤飯と仲のよい取り合わせとなった。

船頭は、三原橋のたもとに屋形船を横付けした。

「明日も、五ツ半にお迎えにあがりやす」

南鐐二朱銀四枚（二分の一両）の祝儀を手渡された船頭は、身体をふたつに折って礼を言った。

菊水の離れでは、邦太郎たちの到着に先駆け、七ツ（午後四時）過ぎから内湯の支度を調え始めた。

陽が沈んだあとで、風が出てきた。さほどに強くはないが、花びらが枝を離れるには充分の強さである。

満開の枝が揺れて、無数の花びらが舞い散った。

明日はどうすればいいんだ……。

思案に詰まった邦太郎は、さらに深いため息をついた。

寄ってきていた花びらが、ふわりと離れた。

四

屋形船が芝口橋の船着き場に横付けされたのは、三月二十一日の四ツ（午前十時）前だった。

「あっしはここで待っておりやす」

車椅子（くるまいす）を邦太郎と一緒に陸揚げした船頭は、急ぎ船着き場に戻った。

橋の南詰には京都所司代（播磨龍野藩（はりまたつの））の脇坂淡路守（わきさかあわじのかみ）上屋敷が広がっている。

警護がことのほか厳しい桟橋に、船頭不在の屋形船を舫っておくことはできなかった。

「船に乗ってさえいやしたら、どうてえことはありやせん」

船に戻った船頭は、大声で話を続けた。

「あっしは一刻（二時間）でも二刻でも、ここで待っておりやす」

「そう長く待たせることはないだろうが」

船頭に答えてから、邦太郎は車椅子を押し始めた。西應寺は脇坂家上屋敷前を通り過ぎたあと、三町（約三百二十七メートル）ほど南に歩いた先である。

この一帯には大名上屋敷が幾つも構えられている。いずれの屋敷も、高さ一丈（約三メートル）の長屋塀で囲われていた。

塀の上部は、下級藩士が暮らす長屋なのだ。高い塀が通りの両側にそびえ立っている。いきなり空が狭くなった。

しかしいまは、どの屋敷の桜も満開である。

狭くなった空は、青空ではなく、桜色に塗り替えられていた。

達者だったころの千乃は、桜の時季になるとかならず菩提寺への墓参に出向いらだ。

た。大名屋敷の桜が競い合って咲いている眺めを、ことのほか気に入っていたか

脇坂屋敷の隣は、仙台藩六十二万石の上屋敷だ。この屋敷の正門を過ぎた先を西に折れ、真っ直ぐに進めば西應寺だ。

仙台藩屋敷内の桜は、ひときわ眺めの華やかさを増していた。邦太郎は歩みをとめて、桜を見上げた。

いつも千乃は、ここで足を止めたからだ。

「今年はひときわ見事じゃないか」

返事はないと分かっていながら、つい邦太郎は千乃に話しかけた。千乃の無表情に変わりはなく、微風のなかで花びらが舞うばかりである。

外出は失敗だったのか……。

邦太郎は胸の内で舌打ちをした。

船も料亭も、両国広小路も深川も、そしてこの大名屋敷の桜までも、千乃の気持ちを動かすには至らなかったのだ。

能面のような千乃を見て、邦太郎は車椅子を押すことが億劫（おっくう）に思えた。

ご住持は、いったいなにを思って外出を勧めたりしたのだろう……。

おのれの罰当たりを承知のうえで、つい住持にも悪態をつきたくなった。それほどに、邦太郎の落胆は大きかった。

とはいえ、いつまでも立ち止まっているわけにはいかなかった。大名の上屋敷が幾つも立ち並ぶこの界隈は、常に役人が見廻りを続けている。

尖った声で誰何されたりすれば、千乃の容態に障りかねない。気落ちしたまま、邦太郎は車椅子を押した。

半町（約五十五メートル）先に、西應寺の門が見え始めた。門の内側の桜が満開なのは、離れたこの場所からでも分かった。

「西應寺さんが目の前だぞ」

千乃の耳元でささやいた邦太郎は、車椅子の背当てを真っ直ぐにした。千乃に西應寺の門を見せてやりたかったからだ。

千乃は背当てに身体を預けたまま、正面を見詰めている。しかし表情は、ぴくりとも動かなかった。

邦太郎は黙したまま、車椅子を押した。

弥生の陽が空にあった。陽差しはやわらかだが、地べたに描かれた人影は鮮やかに黒かった。

陽は正面の空にある。邦太郎が歩き始めると、後ろに伸びた人影が律儀に同じ歩みでついてきた。

門をくぐり境内に入ると、寺の飼い犬くま、が駆け寄ってきた。すでに十歳を超えているが、小型のままで動きは達者だ。名前の由来となった黒毛は、陽を浴びて艶々としていた。

くまは達者だったころの千乃を知っている。様子が変わったいまでも、においを覚えているらしい。

本堂に向かう車椅子のそばから、くまは離れなかった。

「いい日和でやすねえ」

桜の根元で墓石を磨いていた石工が、邦太郎に話しかけてきた。過日、住持に相談にきたとき、邦太郎は石工と立ち話をした。

職人はそれを覚えていたようだ。

「今年はことのほか、桜が見事ですなあ」

邦太郎が石工に応じていたところに、住持があらわれた。石工に用があったらしいが、邦太郎を見かけるなり車椅子に寄ってきた。

「よき日和に恵まれましたな」

「ありがとうございます」

邦太郎は軽くあたまを下げた。

「ご住持のお勧めに従い、昨日から千乃と桜見物に回っております」

「それはよろしきことだ」

住持は車椅子の正面にしゃがみ、千乃の目を見詰めた。

「いかがかの、千乃殿。そなたの行きたかった場所を訪れることはかないましたかの？」

「そのことですが……」

取っ手を握ったまま、邦太郎は住持に話しかけた。住持は車椅子の前にしゃがんだまま、邦太郎に目を向けた。

「どこを訪れましても、千乃にはいまひとつのようで……いささかわたしは、気落ちいたしております」

胸の内に溜まっていた思いを、邦太郎はぼそりとした物言いをした。

「いや、気落ちなされることはない」

住持の目は、千乃に戻っていた。

「千乃殿は、ここに来たいと願っておられたようだ……それでよろしいか？」

住持が問いかけるなり、千乃の両目から涙がこぼれ出た。

くまがくうんと鼻を鳴らした。

涙だが、千乃は答えた。

邦太郎も住持のわきにしゃがんだ。

「おまえはここに来たかったのか」

さらに大粒の涙が千乃の両目から溢れ出た。

「ご本堂に運びやしょう」

一部始終を見ていた石工が、車椅子に寄ってきた。

「あっしと夕星屋さんとで担げば、車椅子ごと御本堂に入れやすから」

「妙案だ」

住持が声を弾ませた。こんな住持の声は、邦太郎は初めて耳にした。

「車椅子のままなら、御本尊様を拝むこともできる」

法衣を調えたのちに御本堂に向かうと言い置き、住持はなかに戻って行った。

「そいじゃあ、ようがすかい?」

「合点だ」

職人言葉で応じた邦太郎は、石工とともに車椅子の底を持ち上げた。

ワン、ワンッ。

くまは飛び跳ねて喜んだ。

そよ風と呼ぶには強すぎる風が、境内を流れた。風に舞った花びらが、千乃の身体に舞い落ちた。

ひとひらは、顔に落ちた。

うれし涙が、花びらを浮かべていた。

解説

大矢博子

時代小説の醍醐味は、現代とは異なる文明、異なる社会システム、異なる価値観の中で暮らす人々が描かれているという点にある。

中でも結婚の制度は時代によって大きく変わってきた。たとえば江戸時代をとってみても、結婚のシステムやそこに求められる夫婦像も、民法の内容に至るまで、今とはかなり異なっている。

本書では、そんな異なる社会に生きる「夫婦」に焦点を当てて、六作をセレクトした。武家の夫婦ものと町人の夫婦ものが三作ずつ。新婚から歳月を重ねた老夫婦まで、明るく微笑ましい夫婦から離縁を考えている夫婦まで、幅広く選んだつもりである。

今とは違うからこそ起きる問題や、今とは違うのにどこか身に覚えのある感情、そして時代に関係なく泣いたり笑ったり愛(いつく)しんだりする人の営みを、手練れの作家の筆でたっぷりと味わっていただきたい。あらためて、夫婦とは何かを考えさせてくれる作品ばかりだ。読み終わったときには、パートナーの存在をより愛おしく感じられるのではないかと思うのだが、如何に？

青山文平「乳付」

タイトルの「乳付」とは、初産などでうまく授乳できなかったり乳がでなかったりする母親に代わって、経験のある女性が乳児に乳を含ませることをいう。

望まれて家格の高い番方の家に嫁いだ民恵は、出産後の不調から回復するのに数日を要した。その間、赤ん坊の乳付を縁続きの女性・瀬紀が行ったと聞かされる。瀬紀が若くて美しく、夫とも以前からの知り合いだったことや、自分の乳が出ないことから、民恵は瀬紀に激しく嫉妬するのだが……。

夫も子どもも瀬紀に奪われてしまうかのような思いに身を焦がす民恵が、瀬紀と話し、実父と話し、少しずつ心がほぐれていく様子がいい。特に実父から夫の職場での苦労を聞く場面が印象的。夫にも妻にもそれぞれの場所で苦しみがある。けれど「番の日がいかに堪え難くとも、他の日を笑って過ごせていれば、自裁せねばならなくなるところまで切羽詰まることはないはずだ」という言葉が、その解決策を示してくれるのだ。

朝井まかて「蓬萊」

旗本の四男坊である平九郎は、養子の先もないまま二十六になった。このまま冷飯喰いでいるのかと思っていた矢先、大番の組頭という家柄の高い中山家から婿養子の声がかかる。逆玉の輿に家族は喜ぶが、どうも相手は奔放が過ぎて婿の来手がなかったらしい。

そして迎えた祝言の夜、新妻の波津は平九郎に「三つの願い」を申し出た。身分違いの相手に頭の上がらぬ平九郎はその不可思議な願いを受け入れたのだが……。

実に楽しい一編である。その日にあったことを話した結果、ある罠を巧みに回避するくだりなど、上質なミステリを読んでいるかのようなカタルシスもある。さらに、高飛車な願いの真の意味がわかったときには思わず頬が緩むこと間違いなし。武家の祝言のシステムも興味深い。

それにしても、祝言が決まったからと暇を願い出たお手付きの女中の存在が辛い。ともに逃げようといったロマンスの展開にはならないのだ。これもまた当時のリアルである。

浅田次郎「女敵討」

幕末の混乱の中、なかなか国元に帰れず江戸に二年半滞在している吉岡貞次郎のもとを、国から御目付役の稲川左近が訪れた。なんと国にいる貞次郎の妻が不義密通を働いているというのだ。公になる前に自分の手で女敵討——つまり、妻と浮気相手を討てという。

とにかく急いで帰国することになった貞次郎だが、ひとつ心残りがあった。実は江戸にいる間におすみという女を囲い、子どもまで生まれていたのだ……。

妻が浮気をしたら相手もろとも殺していいという決まりはもちろん、お家のために我が子を差し出すという発想も、現代では受け入れ難いものだ。そういった現代ではあり得ない設定の中で人の心がどう動くかを描けるのが、時代小説の魅力である。

国元に帰ると貞次郎に告げられたときのおすみの心情、浮気現場に踏み込んだときの貞次郎の心情、そして不義を働いた妻の心情など、いずれも現代の私たちの心を強く揺さぶる。社会のルールや価値観は今と違っても、人を思う気持ちに違いはないのだと伝わってくる。

宇江佐真理「夫婦茶碗」

日本橋堀留町の会所に暮らす町役人の又兵衛とおいせは再婚同士。前妻の子達を育て上げたあと、隠居して町役人（町の世話役のようなもの）となったふたりのもとに、ある夫婦の問題が持ち込まれた。職人の夫が酒乱で妻子に手を上げるという。今度そんなことがあったら会所に泊めるから逃げてこいと勧めたのだが……。

ここからの三作は町人夫婦の物語である。

本編には又兵衛のこれまでの妻の話や、ＤＶに悩む妻の話、そして長年連れ添いながらも内縁のままである又兵衛・おいせ夫婦の話と、さまざまな夫婦の形が登場し、辛い結婚を続けるのが幸せなのかどうかを問いかけてくる。ポイントは、又兵衛とおいせがなぜ内縁のままなのかというところ。その理由が明かされたときには膝を打つと同時に、江戸時代の女性の立場がいかに不利なものだったかが窺える。

なお、本編は連作長編『高砂　なくて七癖あって四十八癖』の第一話にあたる。今後ふたりがどうなるか、ぜひ一冊通してお読みいただきたい。

藤沢周平「泣かない女」

夫と死別して戻ってきた親方の娘・お柳と体の関係を持ってしまった錺職人の道蔵。妻のお才と別れてお柳と一緒になれば、親方の後継になれるし、何よりお柳はその美しさで以前から憧れの人だった。それに比べて、妻のお才がみすぼらしく見えて仕方ない。ある夜、お柳にせっつかれたこともあり、道蔵はいよいよお才に別れを切り出した——。

藤沢周平の真骨頂というべき、引き算の文章が素晴らしい。お柳に誘われて舞い上がり、新参者が後継者になりそうと聞いて焦り、お才に嫌気が差す前半はこれでもかとばかりに道蔵の内面が綴られ、道蔵の身勝手さが浮き彫りになる。しかしお才に別れを切り出してからは彼の心情はまったくと言っていいほど描かれないのだ。ただ、彼がそのあとでとった行動だけが綴られる。それゆえに、そのときの彼の思いはどんなものだったのか、何が彼を動かしたのか、読者は自分で想像することになる。その深さと余韻をじっくり味わってほしい。

山本一力「西應寺の桜」

　摺り屋の当主・邦太郎は、妻の千乃が病に倒れたため家督を息子に譲って隠居し、看病に専念することにした。現代でいう脳出血を患った千乃のため車椅子を特注し、甲斐甲斐しく世話を焼く。しかし千乃の容体は次第に悪化する。出血の再発もあり、口も利けず、指先を動かすことすらできない。いったい妻に何をしてやれるのか……。

　老老介護は現代の大きな問題となっている。本編の邦太郎は金銭的な苦労こそないものの、何をしても反応のない妻に癇癪を起こしそうになり、いや、妻の方が辛いのだと我に返るくだりは、多くの介護経験者の共感を得るのではないだろうか。

結婚はゴールではなくスタートだとよく言われる。であるならば、ゴールはどちらかを看取ることではないだろうか。人はいつまでも健康ではいられない。山もあれば谷もある。けれど山も谷も、手を取り合って進んでいけるなら、これほど幸せなことはない。

（おおや　ひろこ／文芸評論家）

初出・底本一覧

青山文平「乳付」(「オール讀物」二〇一二年九月号　『つまをめとらば』文春文庫)

朝井まかて「蓬萊」(「小説現代」二〇一七年九月号　『草々不一』講談社文庫)

浅田次郎「女敵討」(「中央公論」二〇〇五年九月号　『お腹召しませ』中公文庫)

宇江佐真理「夫婦茶碗」(「小説ＮＯＮ」二〇一一年十一月号　『高砂』祥伝社文庫)

藤沢周平「泣かない女」(「問題小説」一九七九年三月号　『驟り雨』新潮文庫)

山本一力「西應寺の桜」(「小説新潮」二〇〇八年三月号　『八つ花ごよみ』新潮文庫)

朝日文庫時代小説アンソロジー
めおと

朝日文庫

2023年11月30日　第1刷発行
2023年12月30日　第2刷発行

編　者　大矢博子
著　者　青山文平　朝井まかて　浅田次郎
宇江佐真理　藤沢周平　山本一力

発行者　宇都宮健太朗
発行所　朝日新聞出版
〒104-8011　東京都中央区築地5-3-2
電話　03-5541-8832(編集)
03-5540-7793(販売)
印刷製本　大日本印刷株式会社

ISBN978-4-02-265124-2

情に泣く
朝日文庫時代小説アンソロジー　人情・市井編

細谷正充・編／宇江佐真理／北原亞以子／杉本苑子／半村良／平岩弓枝／山本一力／山本周五郎・著

失踪した若君を探すため物乞いに堕ちた老藩士、家族に虐げられ娼家で金を毟られる旗本の四男坊など、名手による珠玉の物語。《解説・細谷正充》

おやこ
朝日文庫時代小説アンソロジー

細谷正充・編／池波正太郎／梶よう子／杉本苑子／竹田真砂子／畠中　恵／山本一力／山本周五郎・著

養生所に入った浪人と息子の嘘「二輪草」、歌舞伎の名優を育てた養母の葛藤「仲蔵とその母」など、時代小説の名手が描く感涙の傑作短編集。

なみだ
朝日文庫時代小説アンソロジー

細谷正充・編／青山文平／宇江佐真理／西條奈加／澤田瞳子／中島　要／野口　卓／山本一力・著

貧しい娘たちの幸せを願うご隠居「松葉緑」、親子三代で営む大繁盛の菓子屋「カスドース」など、ほろりと泣けて心が温まる傑作七編。

わかれ
朝日文庫時代小説アンソロジー

細谷正充・編／朝井まかて／折口真喜子／木内　昇／北原亞以子／西條奈加／志川節子・著

武士の身分を捨て、吉野桜を造った職人の悲話「染井の桜」、下手人に仕立てられた男と老猫の友情「十市と赤」など、傑作六編を収録。

いのり
朝日文庫時代小説アンソロジー

細谷正充・編／朝井まかて／宇江佐真理／梶よう子／小松エメル／西條奈加／平岩弓枝・著

隠居侍に残された亡き妻からの手紙「草々不一」、紙屑買いの無垢なる願い「宝の山」、娘を想う父の決意「隻腕の鬼」など珠玉の六編を収録。

いのち
朝日文庫時代小説アンソロジー

朝井まかて／安住洋子／川田弥一郎／澤田瞳子／山本一力／山本周五郎／和田はつ子・著／末國善己・編

江戸期の町医者たちと市井の人々を描く医療時代小説アンソロジー。医術とは何か。魂の癒やしとは？　時を超えて問いかける珠玉の七編。